U0523910

陈嘉映著译作品集
第 7 卷

少年行

陈嘉映 著

商务印书馆
The Commercial Press

总　　序

商务印书馆发心整理当代中国学术，拟陆续出版当代一些学人的合集，我有幸忝列其中。

商务意在纵览中国当代学人的工作全貌，故建议我把几十年来所写所译尽量收罗全整。我的几部著作和译作，一直在重印，也一路做着零星修订，就大致照原样收了进来。另外六卷文章集，这里做几点说明。1.这六卷收入的，多数是文章，也有对谈、采访，少数几篇讲稿、日记、谈话记录、评审书等。2.这些篇什不分种类，都按写作时间顺序编排。3.我经常给《南方周末》等报刊推荐适合普通读者的书籍。其中篇幅较长的独立成篇，篇幅很小的介绍、评论则集中在一起，题作"泛读短议之某某年"。4.多数文章曾经发表，在脚注里注明了首次刊载该文的杂志报纸，以此感谢这些媒体。5.有些篇什附有简短的说明，其中很多是编订《白鸥三十载》时写的。

这套著译集虽说求其全整，我仍然没有把所写所译如数收进。例如我第一次正式刊发的是一篇译文，"瑞典食品包装标准化问题"，连上图表什么的，长达三十多页。尽管后来"包装"成为我们这个时代一个最重要的概念，但我后来的"学术工作"都与包装无关。有一些文章，如"私有语言问题"，没有收入，则是因为过于粗陋。还有一类文章没有收入，例如发表在《财新周刊》并收集在《价值的理由》中的不少文章，因为文章内容后来多半写入了《何为良好生活》之中。同一时期的不同访谈内容难免重叠，编订时做了不少删削合并。总之，这套著译集，一方面想要呈现我问学过程中进退萦绕的总体面貌，另一方面也尽量避免重复。

我开始发表的时候，很多外文书很难在国内找到，因此，我在注解中标出的通常是中译本，不少中译文则是我自己的。后来就一直沿用这个习惯。

我所写所译，大一半可归入"哲学"名下。希腊人名之为philosophia者，其精神不仅落在哲人们的著述之中，西方的科学、文学、艺术、法律、社会变革、政治制度，无不与哲学相联。所有这些，百数十年来，从科学到法律，都已融入中国的现实，但我们对名之为philosophia者仍然颇多隔膜。这套著译集，写作也罢，翻译也罢，不妨视作消减隔膜的努力，尝试在概念层面上用现代汉语来运思。所憾者，成就不彰；所幸者，始终有同好乐于分享。

这套著译集得以出版，首先要感谢主持这项工作的陈小文，同时要感谢李婷婷、李学梅等人组成的商务印书馆团队，感谢她们的负责、热情、周到、高效。编订过程中我还得到肖海鸥、吴芸菲、刘晓丽、梅剑华、李明、倪傅一豪等众多青年学子的协助，在此一并致谢。

陈嘉映

2021 年 3 月 3 日

目　　录

1968—1983 年

京泉稿（旧体诗词 25 首）……………………………… 1
五味盐（上）……………………………………………… 16
五味盐（下）……………………………………………… 27
梦回塔克吐………………………………………………… 34
旅行人信札………………………………………………… 36
初识哲学…………………………………………………… 196

京泉稿(旧体诗词 25 首)①

夜街

荡荡京城道,
灯摇夜半风。
松垂明月矮,
月照万星空。

1968 年 3 月 11 日

---

① 少年时喜读旧体诗词,读得多了,自己也胡诌起来,所谓"熟读唐诗三百首,不会作诗也会诌"。后来在内蒙古突泉插队,乡野生活,塞北风光,少年意气,都适合写诗。后来哲学越读越多,很少再写诗,少作也多散失。萌萌生病时候,发心邀请几个老朋友一道出一本诗集,众人呼应,我也翻找一番,选出稍像模样的习作寄去,由邵敏张罗做了一本《那一段回流》。此后陆续找到几首,一并收在这里。1983 年赴美留学后,更难得诗兴,零星几首,将编入其他各集。《旅行人信札》里的几首不重复收在这里。

插队务农得闲时,曾把自己写的诗词集在一起,题作《京泉稿》,因为大多数是在北京、突泉两地写就。今仍因此名。

春行处处见打倒杨余傅标语

河开久冻柳生芽，
三月暖风新著花。
似恐京城春色少，
街头又出野心家。

1968 年 3 月 25 日

初夏遣怀

大隐金门地自幽，
白云何日不悠悠。
惟因夕照仍然热，
闲倚楼荫读石头。

1968 年 5 月 14 日

雨中颐和园

为酬闲逸客，
名胜雨绵绵。
碧水播涟漪，
远山带夕烟。
殿台沉静立，
堤树莽苍连。
隐约前年景，
中情已寂然。

1968年6月27日

浮云

坐看浮云聚，
浮云复又分。
浮云本无定，
何必叹浮云。

1968年7月16日

辞京赴内蒙插队绝句

风吹岸柳叶鳞鳞,
秋到京城气象新。
难得天公哭三日,
又将萧飒送征人。

1968 年 9 月 20 日

初至塞北寄父母五绝两首

（一）

北国冰初冻,收禾岁晚时。
鸡鸣三四里,处处起晨炊。

（二）

万木秋风里,千山彩雾间。
峰高迎日早,地远易心闲。

1968 年 10 月 1 日

无题律句之十一 · 银楼夜雪

银楼夜雪意溶溶,
知浅知深总不同。
袖底花笺争宠爱,
灯边明镜斗颜红。
琵琶弦上潇湘雨,
豆蔻枝头二月风。
度尽长宵多少梦,
春心一动恨无穷。

1969 年 2 月

少年游 · 夜登楼观满城游行

中华政事乱无凭,
指示一声声。
满城锣鼓,满城口号,
聒噪万民惊。

此身已远尘埃矣,

6 少年行

  世事我先明。
 相追来也，相追又去，
  何必劝留停。

1969 年 3 月 14 日

满庭芳·携诸友人登傲牛山

 烟淡群峰，金熔霞海，
  幻云虎怒龙惊。
连绵丘陵，一线水光澄。
同是天涯浪子，凌绝顶、南望神京。
岚风过，层林作响，暮色掩来程。

  消停，
 收拾起，垂天气象，盖世才情。
 伴野禽家畜，打点浮生。
不问玉墀丹掖，可曾见、高士名卿。
披荆棘，下山去也，空剩月华明。

1969 年 3 月

无题律句之十八·别后心情

别后心情怕月光,
小窗明镜罢梳妆。
日同女伴强欢悦,
夜对孤灯太感伤。
斑竹一枝情是泪,
回文万语怨成章。
还羞人笑相思瘦,
假寐和衣半倚床。

1969 年 4 月

水调歌头·送嘉曜返京

荒岭连天际,四野走狂风。
乘风万里南去,挥手送飞蓬。
我处洮河地远,兄住九衢星近,
谈笑自相通。
弹得高山曲,会与子期逢。

西湖水，天山雪，桂林峰。
涛来浪去，留得几个是真雄？
漫道青门瓜老，坐待风云际会，
万卷贮胸中。
昊天有成命，莫叹物华空。

1969 年 4 月 27 日

临江仙·杏园

塞外春深谁与问，何妨独自寻芳。
杏园就在柳林旁，
皎皎如月染，风动起幽香。

手弄青条长伫立，欲归步步徜徉。
无人解赏爱花狂，
吟花诗似梦，梦觉夜初凉。

1969 年 5 月 3 日

中秋

野树静深秋,

华光不可留。

飞无黄鹤举,

卧听小河流。

天外寻孤月,

云中梦自由。

清虚何用伴,

起望四山幽。

1969 年中秋

鹊桥仙·读史记

飘忽日月,

藏身草野,

万事无非苟且。

往来多与女儿语,

曷乐得、一身清雅。

10 少年行

陶邑朱公,

胥山白马,

千古功名高下。

运筹帷幄为谁雄,

且踏月、荷锄去也。

1970 年 7 月

中秋晚嘉明于洋来聚塔克吐

白日下秋原,

金风扫澄宇。

悠悠圆月上,

清辉喷薄吐。

照我少年行,

意气多扬逸。

携剑来壮士,

谈书明蓬荜。

自强底时息,

星云俱飘散。

此物犹有尽,

吾生复何叹。
再斟流霞来,
痛饮通宵旦。

1971年中秋

蝶恋花・赠别NN

斜月含情云作絮。
一点光辉,
伴落荒凉处。
微启双唇犹梦语,
绿杨叶底生寒露。

倩影随身朝复暮。
难遣相思,
一任浮光度。
黄草埋沙林中路,
欢哀莫向西风诉。

1973年9月

乙卯重阳登高

西风塞外秋，
白日照寒流。
摇落天空净，
枯黄岁月休。
诗成伤旧忆，
雁远动离愁。
扶病登高处，
归心不可收。

1975 年重阳

五绝·雷雨前登楼有感时事

阴久登高望，眼中多太平。
雷霆犹未起，黯黯古皇城。

1976 年 6 月

五绝·感吉林流星雨唐山地震

石落星边雨,
山埋地上魂。
天威今已见,
数月乱中原。

1976 年 7 月

独游颐和园感旧

独觅伤情踏旧踪,
新枝老干转葱茏。
东风不解人间语,
吹得残花满地红。

1977 年 5 月

大树

大山深处古来魂,
枝叶参天日月恩。
不向人间问绳墨,
年年无语对乾坤。

1977 年

送杨炳章赴美

生有鸿鹄翼,
岂效斥鷃飞。
一旦羽檄至,
白日失光辉。
报国心犹壮,
南冠发渐稀。
硕鼠踞社稷,
国势日衰微。
徐徐出网罗,
无枝供栖依。

惟从海上去，
或可觅芳菲。
海阔风难测，
君宜慎行之。
浩气当长在，
时运任盈亏。
达则济天下，
穷则退采薇。
西山有故人，
棋酒待君归。

1981年2月

行黑山扈居处后望儿山赠文慧

新绿如烟入境来，
风风雨雨久徘徊。
游人不到春深处，
留得山花烂漫开。

1983年春

五味盐（上）①

任何一种生活都可以是好的。有更好的，也许有最好的，但没有唯一的。

羡慕让人怨天尤人，钦慕让人爱命运。

责任从不落到缩在后面的人的肩上。道德的困境要人主动去承担。

德谚说：上帝惩罚他所钟爱之人。

也许真有人无所畏惧。但那些行往更高存在的生命怎能不心怀敬畏呢？

---

① 二十世纪八十年代后半，名编邵敏出了一套朋友们的随感录，顺便也向我邀稿。学业正忙，找了个偷懒的办法，翻检旧时日记，摘出些零星议论，剪裁润色。尚不曾集到足够的数量，风云丕变，这套小丛书也无从继续。完成博士论文滞留美国那段时间，应在那里办刊的朋友之邀，把这些文字发表出来。"五味盐"这个题名就是一位小刘编辑想出来的。再后来，这些文字分成两半，上一半收在《思远道》里，下一半收在《泠风集》里。

君子坦荡荡，就是说无论君子怎样虑远，怎样任重道远，甚至中心惶惶，都不会唉声叹气。

不以成败论英雄的另一层意思是：英雄自有不同凡庸的成败标准。拿破仑大概是失败的，而我们要能熬上一个副经理，可算是大大的成功呢。

适者生存。于是，英雄毁灭了，病毒、虫豸还一代代传下去。值得关心的只是更高的存在，而不是更久的。

粗野也是一种力量。但从词汇上看，撒野撒泼与刚强正相反对：刚强的力量来自行为的控制和组织，有人称之为 Will zur Macht①。

这类向上的力量，如体育运动，包含着美。这就把它与堕落的力量如放任、撒野和凶残区别开来了。

成功不能证明一种生活方式；明天什么都可能发生。自信不能评判的，幸运也不能。但仍然，有人生活得好，有人不好。

Hegel 说：近代的教养足以使每一个人为自己找到充足的理由。为酗酒，为追逐女人，为不关心公众，为庸碌无为，为出卖朋友。而且可以说得自信，堂皇，还可以恳切。

---

① Will zur Macht，强力意志，权力意志。——编者

然而，事情是怎样，它还是怎样。看似一个充足理由的世界，其中却永远有原则，有善恶，有裁判。良心熟悉它们，理性了解它们。

就说人生是一场大梦吧，梦与梦也是那样不同！

我喜爱充满生活欲望的人，他们兴致盎然，不打搅你的灵魂。在那些斤斤计较的人身上，有些琐碎的欲望，但不见充实的欲望。

人的善意是可信可喜而不可依赖的。

得意的俗人是唯一招人讨厌的俗人。那些不屑于凡俗的凡夫俗子让人难堪。

说一个人有思想，就是说他不只重复别人想的。
说一个人有感情亦复如是。真感情总是独特的，滥动感情只是对感情的模仿。

两种声音不折磨人：爱人的和智者的。

爱是联结精神和世俗的纽带，绝不媚俗的人，连爱也不能了。
既要走自己的路，就该让别人走别人的路。
然而，爱、友谊、责任和关怀呢？爱而不妒可能吗？关怀而不干预可能吗？

有情的，强，弱，都有苦处；无情的，强，弱，都无趣。

友爱充实，这一点把友爱从一团和气区别开来。
没有共同关心的事情就不会有浓厚的友情。而有了共同关心的事情就不可能总是和气一团。

爱中有需求，于是人们就把需求称作"爱"了。他们爱起一个人来就像烟鬼需要烟土一样。

被爱是幸运的。只有爱使人幸福。
没人来爱，倒也罢了；人若不自爱，还成何体统？
最可怕的是不再爱，对一切都失去了兴趣。
更可怕的是没有任何办法预防这种危险。

精神生活不特指读诗，听音乐会，写哲学论文。盖房子，侍奉病人，为朋友跑跑腿，坐监牢，跑步，只要贯彻着悟性，充沛着精神，就是精神生活。
精神不领我们到生活之外；精神深化我们的生活。

性格不是显现在顺境中。强者是在不能的所在能。

孤单时不奋斗的人从来没有奋斗过；他也许随着潮流涌动过。

被喜欢不是什么可以得意的事。人不是也被跳蚤喜欢么？

非要带几分虚浮矫饰,爱才光彩夺人。太深重的爱倒像一袋泥沙闷上心头。

自然设计了多少机巧,把爱弯向亲热。谁要不肯沿这条曲线滑下,就招不到亲人。却也不会长留爱中;只被沿着切线抛向没有爱也没有亲人的空间。

是引力不可知呢抑或不可知才吸引?生存吸引人,因为其中总有暧昧的东西。

人通常是被推走的,不是被引着走的。有了动力,才谈得上算计。经济服从情趣。在一切游戏中,情趣都是第一位的,规则是第二位的。

缺乏想象或缺乏事实都同样单薄。二者的融会千百倍地扩展人生的领域。

我们并不只生活在粒子之间;还有波呢。

人心底有股傻气,谁对宇宙加给他的规矩都有厌烦的时候,谁都愿说几句疯话,作一点丑态。

永远一本正经的人真倒霉。

谁也别嫉妒谁。有人成功,有人得到敬,得到爱,得到钱,得到赏识;这些都是牺牲了另一些得到的。

喋喋不休议论自己痛苦的人，让人为他感到羞耻。

痛苦是无法议论的；所以我们在艺术中找到它——艺术表现而不议论。

不过，能够表达的痛苦总还有点美味在里面。那种当真透不进光线来的痛苦才真叫苦。

世俗观念离不开比较：谁钱多谁官大谁更漂亮谁更好心。要比较，就要把被比较者分开。但人与人，人与命运怎么分得开呢？人们不是在一起受难，相爱，幸福么？幸福不会是单属于一个人的。同样道理，幸福不会是许多幸福的总和。

运气是可以比较的；命运却总是独特的。

人一过30岁，主要的事情就是为自己的弱点寻找堂皇的说辞了。

成年使我们增加谅解，减少了解。

天空向地平线弯曲。

义务重了，冲动轻了，这大概就是人生的步伐。

人很少靠内省了解自己，他多半倒是靠内省欺骗自己。这大概是古人慎独的道理。

本质不仅是渐渐被发现的。本质也是渐渐生成的。

我们随时为自己提供示范。我们随时让本性成长——这样或那样。

乌兰诺娃评论她芭蕾生涯的话，于人生大舞台也很中肯；后来我们真正地懂得了生活，惜筋骨已不敷用。

大鹏飞兮振八裔，中天摧兮力不济。这是够惨淡的。但更惨淡的是在末世中沉沦，连失败的悲鸣也难听到。大多数的失败并不悲壮，只在些琐琐碎碎的得意失意中了结。

幸福青年会不庸俗么？老来福气才叫福气哪。

未来使今天光明，而以往使今天温暖。

生活中最基本的是光明和温暖。而最能打动人的，是人渴望温暖。

这世界上，谁不该得到温暖呢——冰冷的日子这样漫长。即使这边也常是冷冰冰的。

那些冷血的、从不需要温暖的生物让我们无可奈何。

太阳，它又去照临黑暗的那面了。

出自爱心的努力本身就是报答。如果事后说：白努力了一场，那他爱得不够真诚。

在高贵的事业那里，成功是手段而不是目的。成就的动力处在它曾索求过那么多美轮美奂的努力。

贫瘠的时代难以滋养巨人。侏儒中的巨人可能仍很矮小。

"中国是一头睡狮。"
"是不是狮子我不知道，但她始终睡着。"

中国文化一代代传承，像几千年的老酒一样醇厚，却也尝不出半点烈性了。

继承往往是无意识的，反对则多是着意的。

西方最让人倾慕的是那种无穷的开拓精神。而我们每介绍来一种新思想，很快就把它拧成主义的枷锁套在自己的脖颈上。

没有自由竞争的社会，也没有不竞争的社会。问题在于一个社会用哪些规则来调节竞争；聪慧还是狡诈，勤奋还是凶狠，正直还是谄媚。
谁说咱们中国人竞争得不激烈？

慷慨者施舍于你，仁者善待你，深情者爱你，你都无动于衷。一个吝啬鬼给你几文大钱，一个暴君没有鞭打你，寡情人向你微微一笑，人哪，你怎么就美得屁颠屁颠的？

中国人各个有保密习惯，说是世风恶浊，不瞒不骗过不了日子。你可一试明心待人再来作这样的发言？

"看透了"是一种无可辩驳的认识。但人世上有几成是认识？谁没见过把一切看透了的人在蝇营狗苟的事端上争得格外起劲。

中国人多容易为自己的善良感动。给过路人一碗水喝，就觉得向世界施了恩情，以后凡不顺心，便抱怨世界不公平。一帆风顺的，相信都是用自己的善良换来的；倒霉不济的，都怪自己太善良，叫刁钻的占了先去。自鸣得意的，确信善意除了感动自己以外，还该让人人感动一遍；自哀自怜的，简直觉得自己在为世界殉难，当然不屑去了解世界可曾因他的善意受益丝毫。为了保证人人的心地善良，不得不把污糟不良统统扔到外面去，于是偌大一个中国弄成了一个大垃圾桶。

邪恶不是什么抽象的东西，它不落实到每一个人头上就不肯罢休。

一个民族的劣迹要由这民族的一个个人来承担或洗刷。

中国人常因西方人对中国文化感兴趣而感到自豪。何止中国文化？西方人把洞穴文化和恐龙化石都收集到他们的博物馆里去大加赞赏。我们确该和恐龙一道自豪呢。

车到山前必有路，这哲学百试不爽；虽然那路领到的所在可能颇令人晦气。

从不向前移动的人会说它正在打基础。历史和个人发展却都说明，基础从来不会足够牢固，从来是岌岌可危地向前迈进，然后反回头巩固基础。

政治最险恶之处在于它必须习于利用人的弱点。
让我们这些没选上这门险恶职业的人记取：勿利用人心的弱点，亦不可臣服于人心的弱点。

生活真容易变得有趣。所以没有人思考。

应当让无能者安乐，有能者施展雄才。实情却往往是：无能者不幸，有能者去谋取安乐。

积久吸毒的人，一旦戒毒，会很久恢复不了正常生活。
但就应当永远这样吸下去么？

一触到蝇头小利就张牙舞爪的，在强力面前总宣扬安天乐命。

一不当心，就会被语言挟制。循着常套滔滔而下，与心意脱了环。大多数文化产品就是这样来的；人称舞文弄墨。
性的职业化体现在妓女身上，文化的职业化使一个人变成作家，一本又一本地写书。

　　各种体系都可以给人生一个大体完整的解释。通常不在于：谁是正确的；而在于：谁是中肯的。
　　不能要求人人都从同一角度看待事物。真见却是说：如果你站到这里，你也将看到同样的。

　　了解人心固有的界限，我们就变得更宽容了。

　　不会有任何一种理论能证明人应当从善。善是一种感召，从善自有诱人之处。

　　没有一种干干净净的高尚。高尚是在浑浊的人世一点一点争取来的。
　　众星背后，天空黑洞洞的。
　　生活不证明什么。生活就是有所领悟地生活一场。

五味盐（下）

希腊人告诉我们，在胆敢窥测神的秘密的人眼前，一切都飞走了，只剩下希望。

众神的秘密不就是凡人的希望吗？

迅速上升迅速堕落都带着大兴奋，唯停滞是死样活气的。但我们地球上的人，上升有无限的空间，堕落则须臾就终止了。

谁敢用肉眼逼视真光？

对于思想家，要紧的是思想，外行只打听结论。对于从事者，可贵的是事业，别人去享受果实。

诗人就是心智已成年而灵魂仍如婴儿的人。

艺术是生活的结晶，并非一己经历的结晶。经历丰富的，成品或也平庸，形容枯槁的，落笔亦可惊人。卓越的艺术家不生活在一己的经历中，他生活在时代人群的经历里。

艺术作品的整体性被说得玄而又玄，一件件浑然天成动不得分毫，仿佛它们不是大师们修修改改弄成的。仿佛人如果是个整体，剃掉几根头发就会把人弄死似的。

感情上谈不到公平，因为首先就没有可用来衡量的天平。只见得到性情的投合、不合、冲突，这使得感情生活比一切经济计算都来得更富历史，更生动本然，更惊心动魄，因而更引起艺术的关注。

艺术家既不是激情的奴隶，也不是作品的主人。所以艺术能与爱媲美。

爱使人软弱。但爱不会使人下贱；欲才会。

人们问：究竟爱是自私的还是无私的？但"自私"像爱一样被滥用得不知所云了。爱生长在自私无私之前。

"爱是盲目的。"
"可惜被爱的总是那么清醒。"

人难免有种错觉：常有人来就，就以为自己格外招人喜爱。
我们常光顾某些商店，不是因为那里的货特别招人喜爱，而是因为它们格外便宜。

据说莫里哀说过，被爱是女人的唯一愿望。我想，要么是我们把这句法语译错了，要么是法国的女人不一样。所有的童话，所有的电影，所有的经验，似乎都在说，被娶才是女人的唯一愿望。

信赖比爱来得深重，却少很多光彩。被爱的幸运了。被信赖的，扛着吧。

情纠缠于过去。情总是怀旧之情，智则面向未来。
我们怀疑太聪明的人是否会一往情深，我们知道太笨的人保持不住以往。

岩石，人性中最深的一层。

没有比孤独更善妒的情人了。你与她共度的时光，任何他人都无法见到。

人到二十就长成了，不再有人关心他的成长。过了二十还要生长，就得准备在漠不关心的氛围中长下去。

结伙同行，遇到麻烦就好指望别人同情。如果你非要自己踏条路走，你指望什么呢？独自蹚条路走原一定会有很多麻烦的。

常听到人羡慕他人的运气。Well，能力高一分，运气好一分；脸皮厚一分，运气好两分。

人容易以为他的成功是因为自己的优点，同时又容易以为他的失败是因为自己的品德太美好，不见容于世俗。其实，顺遂与否大都只与运道有关，即使扯上品德，也与品德的高低关系甚小，与品德的式样关系大些。

人之主情，是他一贯灌注其心力以培育的那些事业，而不是他总是遗憾自己想做而未做的事情。无论怎样遗憾，那些终归是被割舍掉了。人在他的行为中生存，而不是在他的忏悔中。

不割舍心爱的东西，算什么割舍？善若一定得到报答，还算什么善？

苦求效率会导致人情淡漠，而无所事事则极易滋长多余的疑心。

婴儿怎能不像天使呢？琐碎肮脏的活计都由父母去做了。

善必含有努力。没见过无所事事的善。

没有天真的政治家。却也没有天真的圣徒。政治家利用人心的缺陷来造就威权，圣徒企图消弭人心的缺陷，两件事都基于对人心的孱弱和阴暗一面有所了解。

凡事问个为什么，是怪深刻的。不问为什么，却可能是最深厚的。

人们还不仅只在深思熟虑后拿正义来为自己的行为辩护，人们在为私利争斗的时候，首先涌上来的可能恰恰是一股道义上的怒火，看上去挺可怪的。

人们最喜欢用高尚来为自己辩护，其次是用有用。人们很少说明自己干一件事情是为了好玩。这倒不是因为人们虚伪，而是因为在一切动机里本来差不多都掺着好玩。

无论干什么，哪怕是求名求利，也必须迎合自己内心的兴趣，在求取的途中有些乐子。绝无乐趣的求取之途，无论目标多么诱人，人还是挺不下来。

只用高尚的目标来解释自己的行为，或哪怕只用利益来解释自己的行为，咱都别信它。

令旁观者吃惊的是，在赌桌旁，偏偏是可怜的输家要赌下去，还不肯让赢家退场哩。

高人一头的人要不想被人家看出，弯腰潜行固然是一方，但最好的办法是索性踩起高跷来。

尼采的想法的确很聪明。不过，大多数踩高跷的人要掩盖的，还是他们的矮小，不是他们高人一头。

西方的理想是神，中国的理想是成仙。

西方人中优秀的，常有几分东方情调；中国青年中优秀的，常有几分西方性格。

美国人好在什么地方都建历史博物馆，中国人急着把什么都现代化。

民族振兴之时，人们天真、富有理想主义、习惯于禁欲。

权谋也许能造就一个新王朝，却不可能造就一个新社会。

狂热与冷酷孪生。想想宗教战争和近代革命，对正义的狂热带来多少冷酷的不义。就连在爱情里，狂热和冷酷也是孪生。

经上从来记载得分明：世界若堕落，上帝不是来引导它，而是来惩罚它。

有两种历史人物。一种领会着历史并在历史上有所建树，他们既是行动者，又是广阔意义上的思想者，他们是为数不多的历史英雄。更多的历史人物则是历史发展中的自然力的玩偶，他们在大事变中扮演了重要的角色，但是作为人，却无趣得令人吃惊。

一个快活的丑角，入夜时分闯进小旅栈，百无聊赖的客人们一时间快活起来，炉火熊熊，笑语无间，人和人仿佛和解了。

清晨,他踏着霜上了路。小旅栈里冷冷的。

世人不知耶稣为什么要牺牲自己,他们说:我们过得蛮好的。不爱的人不懂牺牲;不被爱的谈不上牺牲。

我们总是在事情搞到一半的时候才超越,结果我们总是看到乱成一团的现实。

伟大的行动总带着几分笨拙,这是天才的标志。赝品才可能完满。

岁月的黄沙埋不尽一切灵性。曾在黑暗中闪耀的,还要在灰暗中闪耀。

活到老,学到老。学到老,穷到老。

无论根扎得多深,都是为了能在阳光下欣享生命。

梦回塔克吐①

一颗晚星升起,迢迢,在天边

第二颗,第三颗,透上熄灭着的天幕

那连绵的轮廓

那是傲牛山的影子

啊,我又面对塔克吐的黄昏

是你,塔克吐,我心上的圣城

不是吗?——房屋已经坍败,在大北方的荒野

在苍茫往事中无言孤立

据说

一切在回忆中都变得美好

可我们确曾

在美酒的光彩中开怀大笑

确曾驾着信心,勘踏历史和未来,造就了

一个完整的、精神的时代

---

① 我曾热衷于写"旧体诗",却很少写"新体诗",写得不入流,录入一首,为了多样性。我很留恋在内蒙古草原的插队生活,1976年回北京后,觉得对都市生活颇不适应。1977年恢复高考,我考入北京大学西语系德国语言文学专业,翌年春入学。北大校园很美,而且那时相当清静,但我还是留恋度过八年青春的塔克吐。

虽然有些时刻

悲凉的风扫过庭园，苍白的幻影

一闪

然后逝去

没有人行走，狗也不吠

没有朋友在窗下攻读，因为

窗纸上没有透出油灯的小小光圈

就像往古的思想

埋入恢恢蛛网封存的典籍

没有天真的人飘入初梦

没有老鼠作作索索打扰沉睡

但也没有沉睡，没有愉悦的惊醒

他们都在哪里？幸运还是不幸

散在生活的温暖尘埃之中，抛下无形的青春

几株柳树

梦到孤单的月，直到她淡淡陨没

每个人都做着自己的梦

梦到几点光华，和褪色的理想

还有醒前晦涩的迷乱

仿佛要挣脱，却舍不得离开，

啊，谁又没有这种时刻——

愿长久而寂寞

1978 年

旅行人信札①

第 1 封

3月17~18日　娘子关→骊山→西安

父母大人台鉴：

保定有人下车，移到窗边小桌前坐，可以铺开信纸给您们写几个字了。

华北平原真单调。今天倒是沐浴在一片春阳里。到处种着冬小麦，所以大地还透着青色；树梢也有回春之意。石家庄向西，这条路我从前没走过。比京城暖，柳梢青了。小镇里平顶尖顶的住宅相间。公路在侧，路面挺好，没什么机动车行。多了丘陵，到处修

---

① 这些是1981年旅行时寄给北京亲友的信。我哥哥嘉曜极喜欢这些信，说要发表。他不是出版家，说说罢了。1993年回国，住在嘉曜留给我的房间里，收拾房间时发现了这些旧信，用心捆扎在一个盒子里。有朋友读了些片断，愿帮我出版，于是我请妹妹小琳输入电脑，作了些修整，删除了纯属家务事的部分，给了这位朋友。不知怎么就搁下了。此后几年，有朋友约稿时，曾把其中的一些段落裁下来充数。二十几年前的文字，今天是老掉牙了，但陈希米惜老，张罗把这些信全文出版，在下深表感谢。脚注都是1993年整理时加的。——陈嘉映，2004年10月1日，上海外环庐

整出梯田；快到永贵大叔的老窝了。

播音器里介绍着名胜娘子关，伴奏以 Sweet Home [甜蜜的家]，奏得轻盈感人。娘子关一带，确实美丽，出得隧洞，即临清泉深涧。只是石家庄后，车厢里挤满了人，所以到站停靠时没下车，也看不清"关"在哪里。

这次出游，诸亲人帮忙准备，安排各地的接待，非寸草之心可称报。只盼大家都像我一样高兴就好。尤其小妹（笔者的妹妹）切忌急躁生气，伤害有身之身。

3月17日　娘子关

阳泉之后，颇为荒凉，气温也低，涧里结着冰，冰间赤色的溪水。荒丘落日，淡远迷离。

天暮，灯昏，收了纸笔。一路读了六张报，两页英文，写了两封信，小桌子成了我的办公桌，倒像比在家里还用功些。

车到太原，同座一位席姓小战士留了地址给我。跑出去看。候车室的秩序挺好，也挺干净。站外的样子像北京站，不过不那么挤。

就这样坐车，走走未到过的地方也好。

20：32　出太原

北京的日子还是太安逸了，车厢里的条件让人难以入睡。但总是休息过了。

由于时差，车过孟源天才拂晓，错过了黄河大桥。在朦胧中首先看到的是一树树桃花，开得正盛。一派渭川田家的风光了。

临潼下车后，直奔秦俑坑。天气晴和，郊行自然就愉快。在发掘大厅里，没去看"禁止翻越"的牌子，钻到一排排俑人之间。他们都和我身高仿佛，在其中转来转去，觉得在一群现代人中间似的。

路过始皇墓，一座大土丘，其上栽满桃树。看上去和电视上的一样，就没下汽车去踏勘一番。

人不停蹄，到了华清池一带。都说到了这里就应该洗洗温泉。果然，只见男女老少，马面牛头，团团围着排队，看见就先觉得脏了。要不是池里真有娇无力，断不肯蹚这个浑水。九龙池一带，也都是脏水。华清池则是一个又脏又难看的浴缸，围在一座破屋里。到蒋先生住过的"五间房"，就是平平常常五间房子，里面挂了几张照片。又过了"捉蒋亭"。一路小商贩很活跃，不愁买不到东西吃。

原听说登上骊山极顶，便把八百里秦川尽收眼底，所以赶来攀登。但这时天色灰蒙蒙的，看不出五里开外，就算了吧。抬头望山顶，是周幽王的古烽火台，曾点过火逗诸侯乱跑，从此亡了国。听说已了无残迹。看来石台还不如统治者的行为模式耐得起三千年风雨的侵蚀。

骊山是座土山，长些松树、枣刺，夹杂着桃树。渭川的桃花极多，灼灼其华，可能是在纪念古代的美人。如今这一带不像出产漂亮人物的模样。前后正有几百个西安商业系统的青年男女出来春游，没见着哪个女孩子像玉环褒姒似的。

18日　12:00　骊山之半

结果还是登上了山顶。海拔1279米，挺吃力。少崖岩，无何奇趣。将及山顶前一大片林子。山顶上秃秃如也，只有一根电线杆子。若非风微日暖，必很扫兴。

重新下山来,见一群人围着一盘残棋,招人赌胜。算棋,觉有必胜的把握,但自知象棋从来走得不太好,只是禁不住旁边的人激。两块钱一赌,偏又有人激我赌十块,不知当时怎么就被激得应了。走了几着就输了。人有赌胜之心,本来算不得德性上的大缺陷,不过,在自己不行的方面争强好胜终是够可笑的,争得过了头,甚至会把性情也扭曲了。欲成大事者,不可争小胜。不努力成事,偏爱在亲近的人中间争胜,那就干脆让人厌恶了。平白丢了十块钱,闷闷下山,一面反省自己性格里争强好胜的那些因素。底下还要走几十天,把错误犯在前头总比犯在后头好一点,因为可以买个教训。

　　上了从太原开来的直快,非常拥挤,只好站着。登了骊山,又扛着衣物跑了6里路赶火车,腿都要折了。不过很自豪,在骊山上,小伙子都跑不过我。

　　西安站还像15年前一样。一下子15年了。

　　西安和北京都是历代皇朝选来建都的北方城市,所以有很多相像之处。不过,此处的人容貌胜于北京人,也许因为风水好(据说此地鲜有大风沙),也许因为文明的时间比北京更长。西安人的口音却难听,似天津又不似天津,似四川又不似四川。然而,一样的市面招贴,一样的漫天要价,一样的老年人统治,青年人不满。

　　三路汽车上,同一位西安师大的中文教员攀谈。他说西安是座稳健的城市,从不太好,也不太坏。说人们不大关心政治。但他本人不断打听北京的气候,对政治控制教学也大发牢骚。

　　下了车问路,问到的竟正好是我师妹的哥哥曹君,而且正好是外院的学生。此人举止不俗。他把我带到法语系。几个年轻人都很热情,带我找到张君,一起聊了一阵。

明早就发出此信。拜祝父母大人健康快乐。

20：10　西安外院

第 2 封

3 月 19～20 日　半坡/碑林→成都

阿晖（笔者的妻子）：

　　昨晚又与曹君说了一阵话，读了一本福尔摩斯探案。睡得好。最好的佐餐是饥饿，最好的催眠药当然就是困倦了。

　　今早去拜访王先生，地方不好找，幸亏张君事先为我借了一辆自行车。谈到文章，对鲁迅推崇备至。我说，鲁迅的文章自然是好的，但立意常有卖弄偏颇之处，有时也带累了文格。例如去看人家的婴儿，说"这孩子将来要死的"，算什么聪明呢？是境是情，知有可言知有不可言，是为知。王先生不以为然。我也退了一步：鲁迅虽有偏颇，毕竟大家。至于今人学了半吊子腔调，在报章杂志上写个豆腐块，还自以为出了文采，徒然让人生厌。也实在是这十几年来，世人没见过什么叫做文章，学几句毛学几句鲁迅，就被当成上等货色了。最后，我们都同意，文章之道，不过达意而已。事质平实，无须感慨万端；热情洋溢，不必巧弄含蓄。就我个人而言，只望得建安盛唐之万一，真率朴直，少弄花头，自然就有刚健在其中了。

　　对国家，王先生只有忧虑而无不满，主张不管天下滔滔，首先要自己勤奋工作。这也是我最多鼓吹的态度。他还讲了一番西安的名胜,特别说到乾陵和武则天。我说武则天诚然是个了不起的女人,可是太偏残酷。王先生说,在当时的时代背景下,一个女人要打破传统坐定九重,难免要求助于极端的措施。我争辩说,这恰恰说明在政治上应当压制剧烈改变传统的冲动,哪怕这种改变抽象地看起来是合理的;因为这种改变必然要求助于太多的不合情理的手段,到头来总是得不偿失,而且无论初衷是什么,只要和时代的根本要求冲突过甚,就会具有个人野心的一切特点。据王先生说,乾陵虽尚未发掘,已可见其布局的气派。本来有心去看看陵墓和陵前的无字碑,但西北本来需要另作行游的计划,还是按既定方针办,早些南下。

别过王先生,到大雁塔。两腿仍酸,绕塔徐行一周,始登。塔高七层,四向拱洞,外面没有平台,所以始终缩在塔内,不似六和塔舒畅。而且虽然太阳当头,四下却灰蒙蒙的,不见五陵北原上的青蒙蒙,更了无登临出世界的感受,唯有佩服诗人的想象力而已。

下了塔,到城东兴庆公园。说是西安最大的公园,坐落在玄宗兴庆宫旧址。唐以后,昔日殿台沦为农田。西安比北京古,留下来的遗迹就少。今天所见都是后修建的,一色的粗俗。到伪沉香亭倚了倚栏杆,天气时晴时阴,榆叶梅、桃、杏、玉兰、迎春或绽或谢,想来倒和古昔一样。

到了半坡村。参观者寥寥。累了,歇歇脚,写几笔。

3月19日　14:20　半坡博物馆

回城途中,飘起小雨来,仍然悠哉闲哉地把城外城里转了一圈。现在的城墙都是明代建的,城不大,只是唐长安城的一小部分,连郊区共三百万人。西安人比北京人性情温和,热情周到,多少有点小家气息，不像我们喜欢大而空的排场和风度。从北京来，觉得西安是个和平的城市。遇见几件小事情，在北京是会吵起来的，这里的人却漫不经心地让过去了。小伙子不是一来就要动手，大姑娘也非见人就白上一眼。到处挂着"闯红灯者罚款"，"随地吐痰罚款"，警察却不多，而且似乎总在同人闲聊。很多服务员竟不绷着"棺材板"，让人无法从行人和顾客里把他们分辨出来。此间也有些流氓气的青少年，但其所流姿态远不如我们北京的流氓来得地道。相形之下，首都人民真有点"近墨者黑"。

陕西博物馆的展品很丰富，而且有著名的碑林。可惜我不懂书法，但也着实跑了一圈，把认得名字的古今书法家的字和诗读上几块，略胜于看热闹。在西安，特别体会得到中国往昔的强大繁荣。知识分子比较爱国，就因为他们知道这个国有过那么值得自豪的过去。如果从来没有过未央宫、大明宫，只有如今浐河泥沙上的茅棚，谁要爱这个国才怪呢。

17：00　碑林

我坐在车里。四周拥挤、肮脏、混乱，没有文明的一丝迹象。

出博物馆时雨大，虽为上衣洗尘，下身却溅满了泥。但还是跑了一趟小雁塔，本无可观，取个"到此一游"的意思。

外院晚餐后，把探案集第三读完，和大学生们道别。他们热心而不多事，给人印象极好。到火车站，不给签票，只剩十分钟了，只好先买张站台票混进站来，倒比排队的旅客早上得车。但车里已经满满的。犹豫片刻，在一个长座位上挤下来坐。犹豫，因为邻座是个农村泼妇。果然就拿脚顶着我的臀部。不敢交涉，怕她叫骂起来，好男不和女斗，徒呼奈何。一共16个小时，挺着吧。

21：40　宝成线上

入夜，俯身读报，一个行李袋从行李架上滚下来，正中后脑壳。幸亏那不是一袋黄金。

现在可难以想象这一夜竟熬过去了。不明白少年时候怎么能在十公分宽的椅背上睡着的。曾努力把货架清出一小块地方，缩身上去，还未睡着就被乘警请下来了。态度倒和气。凌晨那一段困得前仰后合，天亮时倒不困了。也许因为车厢从咧嘴淌涎的睡相里醒过来，让人看时好过一点儿。

这是剑阁一带，本有些可观，太阳也出来了。但雾气未散。前面就要到马角坝了。1966年，我们的车厢载客超员五倍，压断了弹簧，不管我们怎么抗议，被抛在马角坝一夜一天。最后L君和我发动卧轨，才迫使一辆列车把我们的车厢挂上。北行不久靠在一个小站，站上的工人告诉说，我们原本乘坐的那辆列车前一天在那里翻到山沟里去了。那一次从重庆到北京，走了六天七夜，其中的辛苦和惊险，当然不是现在这一点点比得了的。这次出来走走，还是应该。30岁后，恐怕就不肯吃此辛苦，也无缘体验这样的辛苦了。

20日　8：00

天明以后，火车环山傍水，蜿蜒而行。待到日照雾动，水碧山青，景色更其迷人。蜀地春正浓，花未落，草已深，山势凌峻，巨石从青丛里立起。江上的雾升起，时而滑过一二渔舟。松竹掩映，露出数点檐角。背着篓子的农人牵着水牛穿过一片金灿灿的油菜花。

油菜花开遍了几百里。山回路转，日隐日现，气象万千。我在车里向东面窗外看了，又向西面窗外张望，疲劳烦恼尽消，只是惹得别人看着我以为有病。昨夜无可奈何之际，读了几篇柳词。看这大好河山，知道但有一点自由的空气，自然会生养出能诗善画的文豪才子。文化凋敝一至于斯，实为中华数千年历史之所未闻。

马角坝站，下车走走，还依稀可辨当年留宿和闹事的所在。又去看了电动机车。此后，景色稍逊。江油城（中坝）后，进入号称天府之国的成都平原，而景色已无甚可观。火车经过时，农人照样做活，不似北人必立以闲观。

结识一位回宜宾养病的哈工大学生。小青年温文识理，正和邻座那农妇及她那个顽劣的女孩对照。这农妇结过婚，有两个孩子，1978年离婚，判得这个女孩。经人介绍到河北，得了800元。近来觉得不惯河北生活，到法院去告，判回四川。那个河北人待她甚好，结果丢人丢钱，算他倒霉。

再过一小时就到成都。到后即发出此信。读完后请转月坛（笔者父母住在月坛）。诸亲友均此不另。

11:55 将近成都

第 3 封

3月21～23日　杜甫草堂/武侯祠→青城山

嘉曜（笔者的哥哥）：

这个季节到四川正好。成都远近郊区覆盖着油菜花，列车飞速冲进一望无际的金灿灿之中。高速运行本来就给人大快感，何况是奔向金光灿烂之中。

到成都。五路车到成都军区。办公楼上等到小哥小嫂（笔者的远亲）。初，觉得他们不太热情，想大概是军人的关系。到他们家里后，才发现他们是十分热心肠的人。〔他们没收到事先寄去的信，不知道我的真假，周旋之际，已经往北京打了一个电话，始知是真亲戚〕晚餐几乎是个宴会了。外省人啤酒喝得少（也贵，这里七毛五，陕西九毛八），这时也备上了。饭后散步，小哥寡言，小嫂却说了不少聪明的见解。两位都是地方上的大学生，谈起来少障碍。薛梅也是个聪明姑娘。四川的娃子看上去都很精的。

出门以来，只18日吃了一顿正式的饭，睡了一次正式的觉。这时大吃了不算，又大睡了十个钟头。

上午到草堂。全不同于想象，毫无唐代遗风，倒更像清朝的园林。连柴门也是朱漆门柱，茅屋上是也是青瓦檐顶。到处是后人所题的景仰之词，热热闹闹，多是达官贵人所题吧。当年杜陵老叟却是独自过着布衾冷似铁的日子。一个人的身后名声和这个人生前的日子经常是那样不相称的。

闯到草木栽培园里。一座美丽的花园，满栽着奇花异树，只是叫不出几种植物的名称。

草堂分两部分，西部纪念杜甫，东部纪念毛主席到草堂的一次光辉视察。为公平起见，东部没进去，把参观的荣幸留给你老兄吧。

3月21日　9:40　杜甫草堂

从草堂出来，到青年宫去看成都花会，不料（应当料到）比王府井还挤。成都到处拥挤，虽然只有两百万人。陕西人不善谈吐，蜀人却比天津人的嘴还快，所以不但芜乱，而且嘈杂。这是个市内公园，这好日子里更有无数春游的小学生，熙熙攘攘，尘土飞扬。不少小学生和我一样，带着本子，跑到一处就依栏作文。成都的姑娘很漂亮，发育完好，讲究衣着。宽平脸盘，大眼睛，白皮肤（盖夏天多阴天少日晒而冬季无风）。看上去却不如西安的姑娘正派，小小年纪，便花枝招展，拿姿作态，像要训练将来做姨太太似的。后蜀遗风吧，整个城市有一点腐化的气息。

我本来不大会欣赏家栽的花，就到书画展闲走了一圈，亦未见可观。出了公园，田地里走，麦已灌浆，稻已齐膝。阴天，暖和。

满怀着仰慕到了武侯祠。再读隆中对出师表，更深感前贤的才能品格志向。中国古人一向以胸怀大志为荣。卧龙闲散于山林间，天时地理人事，却无不了然在胸。这种大丈夫建功立业的气概，让这几千年里人才辈出，国势不衰。如今，一面口说着"看穿"一面争些蝇头小利的且不去说他，实有才能的也过早"懂得了生活"，不知是真得了道还是简简单单地怕失败，胸无大志，不图进取，沾沾自喜于一点天赋的才能和琐碎的赞誉，仿佛古之大贤还不如他悟得到处穷的原则。"穷则独善其身，达则兼济天下"，诸葛亮算得一个典范。当代的忠臣，只学得他的"一生谨慎"，却了无他"宁静以致远"的明慧。读到"两表酬三顾，一对足千秋"，口号一绝：

　　何日酬三顾，云危白帝倾。

　　大名垂宇宙，何必待功成？

西边是刘备墓，再西是南郊公园。只在门口张望了一眼，里面尽是人。

沿河的狭长地带是望江公园，有一座"吟诗楼"，楼上几个摩登男女，楼下一条油黑的污水，不像能吟出什么好诗的样子，遂未登楼。茶园里也坐满了人。因天转晴，稍燥热，便有客人脱了鞋子取凉，于是就没了兴致去品味盖碗茶的清雅。倒是公园尽头，十分僻静，只有一丛丛墨水瓶粗细的竹子，风一过，萧萧飒飒。（后来听说，望江公园正是夏天赏竹的去处，内行人能分辨出各式各样的竹子来。）

最后在城里逛了一圈，回军区，约了成都的几个熟人来聚。小嫂说，川人聪明勤劳能干，但不见得善良，聪明时流于诡诈。但我在市面上遇到的人，大多热心，让人喜欢。

22：45　成都军区

一早乘长途到灌县。街市极为繁华，顶得上北方一个市。从县街尽头登玉垒山，野花烂漫，群山叠翠，岷江景色，尽收眼底。下到山脚访二王庙。这李冰李二郎父子，两千两百年前，筑起这都江堰，其功敢与造化争胜。李家父子的生平，可考据者无多，像曹雪芹一样，只留下作品让后人受用不尽。可以想见他们父子，才能盖世，精力过人，性情却甚恬淡。宏识远见，做着造福千秋万代的事业，只当是此生此世的应有之义，不闻吵吵嚷嚷着要"进入历史"。达此境界的，古今中外寥寥无几，足称圣贤了。庙后有一株老树的残骸，据考证已有三千四百年。树立于此，不亦宜乎？

古时虽也不乏贪官污吏，但多数统治者，不仅有些爱民之心（谁说今天的官员就不会有爱民之心呢），而且爱惜自己的名声。有见识的君臣，图个千秋万代的芳名，做事就不能没个顾忌。现今的有些官员，上不识明清，遑论秦汉，向下自然也看不出三五年，谁想得到千秋万代的事业名声？

下到岷江边上，寻一个僻静去处，赤足蹈水。水犹寒冷。卧卵石上，好生享受一番水声水色。过索澜桥，游离堆（离锥）公园。一伙川医的学生跳舞，谈起来，都很开朗。也不时遇到本地其他学校的，见我一个北人独游，也常有人上来搭话。

吃饭候车，一个无聊的中午。两点发车，17公里，40分钟，到青城山脚下。此山远观已见其雄伟。取道上山。古木参天，时觉阴气袭人；乱石横空，常有寒涧惊听。过"天然图画""五洞天"，无雨沾衣，至"洗心池""降魔"，好生幽僻。本来神仙洞府，洞下有东汉的古银杏；孤身入山，疑已成仙。

青城山自汉朝由张天师占住，就成为道家圣地。我现在就坐在张天师的随缘柜上。幽幽静静，竟无人扰。这里1100米高（成都400多米），还有500米及顶至上清宫。又是个阴天，景色苍莽。若逢晴日，必另有奇趣。此地人说，青城天下幽，是中国第五大名山呢。

22日 16：00 青城山天师洞

果然好山，原非陕晋的秃山可比。路左是青丛覆盖的山谷，右手是十余丈的青崖。两崖内折，中有瀑痕。所憾在这个季节，山泉不旺。从岔口先上太祖殿。来得晚，游客已散，一路并无一人往来；不闻人声，唯鸟鸣而已。出门以来，第一次游到无人的去处。

一泓清水，旁边系只葫芦。饮此清洌，心里登时清净了。太祖殿前几株"树木丹"，粉粉的大花开在树顶，眼目为之一明。道士说，此树为青城山独有。

原路退下，且行且停，到岔口，右行登上清宫。过朝阳洞，清人黄云鹄曾在此结庐而居。登壮观台，青峰叠嶂，山间露出川西平原，一片苍苍莽莽。攀野路至呼应亭，这是青城山的山顶，不过倒平缓了，还有些农家。下几步到上清宫，投宿在主殿太上老君牌位东侧的齐云榭。下临麻姑池。所有有名的池子，都是一塘脏水。这一塘总算"脏得还好"。每个大殿也总有许多名堂，但往往无甚可观。

饭后到一悬崖边，俯视一谷（复仇谷？），青崖直立，深可数丈，把两座山峰劈开，直劈到山顶，可知不是水的作用，只能说是鬼斧神工。毛毛雨，一片迷惘。云在眼前飘游。暮色渐浓。万木森森，黑夜终于降临。雨里一片漆黑，颇为瘆人。未敢久留，归路却错登到"圣灯亭"。远处一二灯光，四下寂寥，忽然就想起当年和老兄夜登泰山，还硬把阿晖拖到山顶。一晃十一年，人生最好的日子就这么过完了。在黑暗中多少往事袭来。这黑暗多迷人哪！

20：50　青城山上清宫

昨夜从黑夜回到寝室，同室再三要我再带他们到外面去转。走了一趟圣灯亭，他们就觉得这冒雨夜行野得激动人心，把我当了心游物外的奇人，夸说我并不老，"不过三十五六岁"。所谓"圣灯"者，磷火也。在远处闪烁，与一二处人间灯光分辨不出。

五点，天还黑着，同几个青年男女往山顶上去候日出。一路上，同老人孩子青年交了不少临时的朋友。大多数中国人，还算善良；最好相处的，则还是大学生，开朗而不流于鄙俗。

独自取路下山，到了复仇谷（不知为什么起了这样一个名称），却寻不见吕祖洞。小径泥滑，草露沾衣，山间空气温润清新，百鸟鸣啭，天色渐明。胡乱走了一气，下到圆明宫，宫观早已颓败。这里地势稍平缓，原来青城山并不险峻，倒是上山的路，选得绝妙。

伴山溪，下深谷，两峰夹峙，不辨东西。一路没碰上一个行人。

随山万转，出了一个莫名的山口。只得步行十里，赶到中兴站。幸亏这一带交通方便。司售人员是提成的，所以殷勤招呼客人。

23日　10:40　灌成班车上

就此收束，写得匆忙，对付看吧。代问候于洋（笔者的好友）等朋友们。

第 4 封

3月24～26日　乐山大佛/青衣亭→峨眉山脚
农家/峨眉山腰息心所/华严　顶/峨眉绝顶云雾里

嘉明（笔者的哥哥）、嘉曜：

昨天中午回到成都，从军区取了自行车，就到川大查书。这次旅行的正式目的是为写论文寻访名师搜集资料。在西安访问了名师王先生，到成都该搜集资料了。只是看来海德格尔的此在还没到锦官城来栖居，查不到什么有用的资料。倒也说不上怅然若失；思想的殖壤本来不只是书本，所以古人要说读万卷书行万里路。古时候的万卷，今人用小铅字一印刷，不过几十部头。今既已读了这些，也该着出来逛逛了。

这么一想，就为自己游山玩水壮了胆子，出川大后径直登车北向，50里到了宝光寺。可还是被学问耽误了，赶到那里，已经过了五点，刚关门，无奈，骗过看门的，进去跑了半个小时。这里的罗汉堂有名，看去却似不如昆明西山的。中国庙宇里的这数百尊罗汉，各处的塑造大同小异，只有少数几座山门真说得上有独特的风格；各个罗汉的表情姿态，即使生动，也流于表面，没有多少性格性情的蕴含；所以都似匠人之作，不像艺术作品。中国的各门艺术，多有独到的造诣；但雕塑音乐两项，成就似乎远在欧洲之下。好在无论造诣高低，照样有好多小老太太，点灯焚香，大磕其头。但对我这样顽劣不诚的，即使那些泥菩萨都活转来，也觉不值这往返百里。

附近有个桂湖公园，也关门了。无所得，还得蹬五十里车回城。幸亏有辆拖拉机，也不管司机着意甩掉我，硬是手勾着车帮，一路风溜回来。七点，买了第二天到峨眉的"站票"，吃了东西，回军区。走了40里山路，坐了140里汽车，骑了100里自行车，对自己的体力表示满意。

该死的电话拨了一个钟头。不过终于同亲人们说上了话，挺高兴的。小哥小嫂关怀，备了蛋糕、柑子给我上路。

3月24日　9:10　开向峨眉的169次直快上

靠车门的提包上坐，倒比挤在车厢里自在。车外下着雨，"西蜀漏天"，真晦气。但愿在峨眉能见到一两次阳光。刚刚拟订了一份极为科学的旅行时刻，若一切顺遂，4月4日下午到桂林。

从峨眉站到峨眉县，转到乐山市，渡岷江，舟上看大佛，高71米，为世界最大的佛像，在红色的岩石上凿成。若为青崖像，必更佳。

丛丛绿荫中登乌尤山。这里是岷江、大渡河和青衣江汇合处，天气轻阴，山水分明，近处微风拂过，竹叶萧萧，甚好。

14：10　青衣亭栏上

乌尤山虽小，亭榭环连，亦足一游。

此刻坐在乐山大佛左前方的石栏上，齐佛头高，相距十余米，琢磨了一番，看来爬到大佛眉头是很艰难的。佛右有盘梯，可抵佛足，但梯窄人挤，且不能从佛身攀上来，不想下去了。这老佛的个头果然不小；只是东方的人像不大有个性，座座都像是"标准像"。胖乎乎，倒挺富态的。

薄薄有一层阳光。（请寄几张半斤头的全国粮票到广州去。）

15：35

真是妙不可言。还是从头说起吧。

游罢凌云山（大佛寺）之后上车。乐山到峨眉的末班车上没有几个旅客（虽然不到五点），坐在这么清静的车厢里，怪舒服的，倒嫌旅途太短了。本拟在峨眉县城住一夜，坐得清闲，就忽发奇想，决定夜登峨眉。出门以来仿佛得了走路癖，就像我们在人生的途程上行色匆匆，不喜耽留。近六点车停，就开步——走。有好几个学校（包括西南交大）坐落在路边。到一家小店打尖，一个小伙子和三个村姑，连我共五个。村姑们又活泼又正派，我们很快像熟人似的有说有笑起来，其中一个像百灵子（插队时邻居家的女孩儿）的，尤殷勤识礼，仿佛古风犹存（不是孙二娘那一类古风），临了祝我"走好,一路平安"。再上路时便轻松自在。一样花钱吃饭,店主识礼,顾客就满意。远眺峨眉山,立在云烟中,好不气派。看见山就让人高兴,难怪古人会五岳寻仙不辞远。而这座山,正是太白少年时候攻书学剑的地方。

15里,过了报国寺,暮色已重。人们相续劝我留宿,一村姑谓我眼睛不好,不得走夜路,几乎被劝得心动。但听说无人夜上峨眉,便愈发要试试,就算重温我们当年夜登泰山的光景。只是山下水大,道路半浸在水中,岔路又多,颇不好走。俄尔,天色全黑,并无半点星光。夜间山行还真有点儿吓人。两山逼紧,犹如步入漆黑的隧洞,一声轰鸣,原来是山泉突落。最怕的是迷路,最后总算找到一条石阶,别无岔路,便放心了。虽不辨四周景物,但知左手是峭壁,右手是深涧,涧中流水溅溅。全靠一支电筒引路。正走到好处,一声怪响,峭壁间飞下一石,从头顶滚下涧去。忙闭了灯,贴一株树站定,想起好几个人警告不要夜行,说山中强人出没。伫立良久,别无响动,便知道必是塌方,好端端截我个穷男人干什么?于是定了神接着走。

走了一程,却有几户人家,虽已九点尚未熄灯。进去讨水喝。再行时,下起雨来,于是一脚深一脚浅,一脚干一脚湿,半身热汗半身冷汗,好不艰难。所选的路(何尝"选",不过碰上)不好,时上时下,只见进山,不见登高。急欲至清音阁(距报国寺24里),只不见到。忽见有人持电筒夜行,连忙上前问询,是个山村青年,告我已误走一程。他家还在山上,便同行。(峨眉山人睡得晚,有时到11点。成都与北京的时差约一小时。)这青年一味劝我留宿,最后答应去喝口水。

到他家，一家人都劝宿。所遇山民，都善良通达，先劝留宿，你坚持要走，就详细指路。这种关怀而不强求的态度总令我喜，也令我钦佩。这次我终于放弃了夜登峨眉的宏图，同山民处一宿。于是喝了一碗茶，吃了半碗苞米楂干饭，外加一碗青菜汤，同父子俩聊了个把小时，很有收益。山民生活艰苦，但不得迁往坝上（平原）。夏季靠为华侨服务补贴生活。出乎意料的是，他们详细打听北京的政情，华国锋啊，农村政策啊，等等。政治真是现代人的"命运"。母女专门烧了一大木盆水。擦洗一番。

此刻我躺在一张大木床上，顶壁都是木板，窗棂子空着。一人在山里这间十四五平米的木屋度夜，你说，妙也不妙？

　　　　　23：55　大窝寺吴家，离清音阁尚有4里

六点半起身，终于看到峨眉半轮山月，不过今天阴历二十，是残月。知道晴了，心下欢喜，遂匆忙辞别主人上路。原来昨夜登得高了，清音寺还在山下。晨光醒目，下到一"神秀亭"，俯视清音阁，环境甚美，人云清音阁是峨眉中最佳风景区。下到阁前，竹影参差，摇曳晨光。尤其二泉聚汇，一路弹奏"清音"，阁因是名。想常在山水之间，竟可省了丹青丝竹，所谓"何必丝与竹，山水有清音"是也。

　　　　　　　　　　　25日　　710米

登白龙洞，山间转出一轮白日，久未见此光焰。白龙洞正对金顶，朝日之光正射峰崖，山峰形状，历历在目。半轮残月，还悬在山头。

山中有大树，枝叶参天。因吟道：

　　大山深处古来魂，枝叶参天日月恩。

不向人间问绳墨,年年无语对乾坤。

上到万年寺(圣寺),建筑比较齐整,山间文物,多汇于此,有一尊普贤铜像知名。佛家建筑,多是一式的:山门,弥勒殿,大雄宝殿,最后一进是藏经阁。休息一下。

9:00　这里尚是山底,1020米

游人大多只到清音阁万年寺一带,万年寺之后,一路上山,山间并无行人,只遇到一伙上山进香的村妪。却顾所来径,唯苍茫翠微而已。有几座较小的山峰,孤孤地落在眼底,向阳一面,山霭蒙蒙;背阴一面,阴阴翳翳。峨眉在名山中是最高的,海拔三千余米,远看又直干云霄,就只从雄伟来想它。入山之后始知山势迂回,青荫覆盖,所以说"峨眉天下秀"而非"天下雄"。正像天下伟大的心灵,远看但见雄伟单纯,细加了解体会,其中无不可见婉转细致的佳处。

10:30　息心所,1460米

传东汉隐士采药而见祥光,后建初殿,为峨眉首建之殿。苏坡机械厂停电,放假一周,工会出钱,青年男女来玩,待我很热情。仍执意独行,一人出门,有一人的好处。心行则行,神止则止。前后左右,全无一点现代气息,一座古时山,一个古时人,便与历代游子又近了许多。

初,云从峡底腾起,流连碧峰之间,景致清雅。俄尔,山云四笼,一时失了金顶,万象森森。山高,自然朝晖夕雨,气象万千。

12:17　华严顶,1960米,第二层山的顶峰,故称小金顶下华严顶,登洗象池,好个摩天坡,累死人。穿云过雾,初,尚偶尔有阳光破云而入,此时已一片茫茫,不辨周遭。

洗象池刚来过一群猴子,我到时,却走散了。这里的饭菜极劣(小哥买的蛋糕送了山民),勉强下咽。倒是隔窗云烟飞渡,这如堕五里雾中的感觉,着实让人迷。已觉冷了,怕还要下雨。

13:40　洗象池,2100米

过了洗象池,景色一变。四下参天古木,垂满黄苔老藤,翠鸟梭行其间。石径两侧,是齐人高的青竹。松竹之下,是半融的积雪。冰雪侵上道路,溜滑难行;化做潭水,清洌沁人。有一段陡坡,全被冰雪覆盖,好容易爬上来。冷然苍然,直疑到神仙洞府。崖北松竹犹带雪,岭南花木已逢春。爱大山,山大,一山之中,就气象不同。

行到金顶峰下,有一座小亭,依亭而坐,脚下是万丈悬崖,云气从身后来,滚滚跌入崖下;大片的云,已落在脚底;头顶上时露青天,忽而夺出阳光,把云海照耀得一片辉煌。云海中时时浮出峰顶孤松,恰是蓬莱仙岛。云海下一片松涛,窥不得见,但听喧响无间。峨眉景色都在这上面半座山上。对此难得景象,流连不舍,难免又恨无人共赏。

山岚四起,云雾横游。此景此境,顿觉精神振奋,疲劳尽消。着啊,再登攀一程!

16:00　2450米,浩荡云山

松鼠在树间行走,如鸟飞一般。

过了接引殿,头顶上万里晴空,脚下万里云海。这样的天气是看不到佛光的。不过所谓"佛光"者,其实就是自己的影子,这也是"一切众生皆有佛性"的意思。登得佛山,便悟禅机。

云海茫茫。平整整的,连到天际,只有三五耸起的云浪放射着耀眼的光芒;只有洗象池露出一道黝黑的山脊。是雪,但从未见过如此辽阔的雪原;是海,何以巨大的浪头滚动得如此缓慢,不起喧声?万籁无声,唯鸱枭哀鸣。阳光灿烂,仍冰雪皑皑。天外怎能没有至上的神道,来安排这壮丽乾坤!

这浩大的云海,多静谧,多安详,多诱人哪。恨不能俯身跃入其中,在云山中自由翱翔。

16:45　七里坡

无涯的云海,泛着阳光,缓缓向东浮去。第一个登上峨眉的人,见此景象,真可能心惊魄动,物我两忘,从舍身崖跳下去了。因为这一片云海已经把山巅同尘世完全隔断,任何喧嚣尘土都传不上来了。这里是别一个光辉灿烂的世界。好像从不曾见过这样净洁的阳光。

沐浴在这骄阳下,山顶倒比山腰和暖。自由自在,无牵无挂。面对无穷的造物,真是得大自在啦。

就此依山结庐,削发为僧,终老云山吧。

17:45　将及金顶

西上峨眉追落日,夜依北斗望京华。

到顶了。头一遭升到三千米以上的空间。第一件事,就是赶到饭堂,购得七两米饭,一盘炒肉丝,一碗青菜汤;气压低,米饭夹生,反正快饿昏了，一扫而空。可惜有独自不饮酒的陋习，大山、朋友、书和酒这人生四大元素，仅得其一。

时候不早，连忙办了手续，四角钱租一件大衣。山顶低于零度，非穿大衣不可。登金顶，一方石台，一座破庙，还烧残了，徒然碍人眼目而已。金顶地势平坦，设有一电视台，据说还用不成，徒煞风景。于是拼尽最后一丝气力，向万佛顶奔去。晚了，夕阳在沉，在沉，终于没入那仿佛永远环护着天界的云海之中。

万佛顶是真正的顶峰，3099米，离金顶8里。这里并无建筑碍目，唯有一片松林。登到高处回首，金顶到此是一条山脊，恰似一艘航行在高天的巨舰。立在舰首，四方的云海便一目收尽了。人间是阴天吧，这里却晴朗。一颗星点亮了。又一颗星点亮了。又一颗星点亮了。初，云沿就粘在悬壁上，分明显出峨眉顶峰的险峻。浮在云上的，大约有四五百米山体。其余都沉到云底，只有西北方，还浮着几座黝黑的孤岛。后来，云滚动起来，涨潮了，云势由西向东，越过一座孤峰，云浪又跌下去。那动态真个奇异。东方，有一片低洼，平整如雪原上的冰湖。无论什么寺庙什么佛像，都不如干干净净的一片自然。我明白自己崇拜的是什么信仰的是什么了。顶峰之上，仰睇俯察，绝无人迹，惟此身对大慈大悲的佛心，不禁瞠目长啸、如痴如狂——啊——啊——

独立万佛顶，凛然三月风。

何时天地近？日暮大山中。

暮色渐浓，山径幽荒，中多冰雪，未敢久留。跌跌撞撞返金顶来，未及，天已黑尽，又没带手电，山风迅烈，异响四起，好不吓人。还是迷了一段路。大殿宿百余人，并无在外观赏者。

服务已收了，未得洗漱，好容易要得一杯开水。虽然才九点，多数旅客已睡了，有几个聚在值班室烤火。连日听腻了四川话，遇几个外省人，倒觉亲切。一个湖北日报的干部，52岁，尚来登山，精神可嘉。但谈起话来，他反感北京学生民众竞选，话不投机，两下散了。出门依栏远眺，借着晶明的星光，隐约还觉得云海，真切还听得松涛。

　　山顶不供电，大殿里冷风交横，只有几株烛光摇曳，好不阴森。克里斯蒂宿此，定有一部侦探小说问世了。

　　欲求正果，也确得付出辛苦。昨夜宿山民家，儿啼、蛾扑、鸡鸣，未得好睡。今日登山，更是精疲力殚。此刻必要休息了。

21:45　油灯下

　　早晨，看了日出，7:10，云海弥高，朝阳下面，泛起金红，动人的一瞬。好多人来看日出，像老兄一样，摄一张影，就下山去了。

　　本欲在金顶再住一宿，若大晴可望贡嘎雪山（7590米，西略偏北150公里外），下午碰碰佛光，晚上再看看峨眉的星辰；无奈赶路癖又发作了。如果你我于洋等人在山上把酒巡游，就住它几天又何妨；一人枯坐以候奇景，其与待兔何异？何况心中早已充满佛光啦。兴尽便下山，何必待之子。

　　就走！

　　26日　8:20　金顶旅店候手续，剩下的是下坡路，谁都爱走

　　艳丽的阳光，清新的空气。

　　身与云平。

坠入迷雾之中。

又到了古木森森的神话境界。

一群猴子，十几只在树上耍，仿佛特意用惊险的特技来向游人炫耀。十来只在殿前转，个个肥胖，专好和人凑近乎。不过不似传说的那样顽劣，给它吃，就吃，不给，满不在乎走人，可见食足而后知礼。

这山上还有小熊猫哩。

三个小时，下了1300米（正半山），35里。这里是九岭岗，位处华严顶、洗象池之间。从这里上山，只有一条路，三道坡。由此下山，分两路，其一是我所来之路，较少起伏，故较近。此刻我要走的那条路，比较热闹，多有寺庙。

11∶45

过遇仙寺，一路下到谷底，景色清雅，飞泉瀑布之声，潇潇如雨。谷底一处，有瀑布飞下青崖，直入碧潭，仰望则见三面峭壁，高百余米，唯从此隙透向空间，显是名山胜景之一。观水迹，估计夏天雨后，有不少飞瀑高达一二百米，定为奇景。

复登仙峰寺，寺周尽是杜鹃花，开得正好。又绕三里路，到九老洞。就是一个山洞，洞中甚黑，懒得进去。到时，惊起一片山鸟。洞就在方才所见峭壁之半，只是青葱覆盖，不见山洼之底。下次来时，要设法攀到壁顶，俯视才好。

一路寺庙碑亭，都有信男信女供奉的布帛食物香烛。但那些建筑雕塑，皆无可观。

回仙峰寺来，两角钱一碗清汤面，还似抢来一般。不过喝点儿热汤，可以赶到下面吃饭了。

13:55　仙峰寺，1720米

由九十九倒拐下到洪椿坪，一路景色甚好（从万年寺到华严顶则无甚可观）。30里下山，只用了75分钟，未稍驻足。脚长身瘦，适合走路，走到后来，只觉自己像一架走路机器。

洪椿坪到清音阁，修着齐整的石阶。沿黑龙江栈道而下，水大流急，每落青石上，浪花四溅。

现在有两条路，左路过纯阳殿等建筑，多五里（四里后即公路），右路直接到报国寺。走右路吧，少五里是五里，已经走了94里啦。从报国寺还得走20多里才到火车站。

16:25　牛心亭，二瀑交汇

清音阁再下，景色虽好，已无特色，零落有山村。走了四里，见停着几辆专车，求上了车，带到峨眉县，省了我30里脚力。

这峨眉，实是一见钟情。雄伟而秀丽，一般情人还比不了。这次巡游，原不过探个路罢了；来日不受科场之累，再来细细游赏。

现在时间很富裕了。找饭馆，都关门；川西人睡得晚，吃得倒早！一个面馆，鳝鱼面，也是两角一碗，里面却真正十段鳝鱼。吃了六两。只是太咸，只好讨一碗开水洗了吃。中国的山水确实漂亮，中国的百姓也确实穷苦。刚给一个乞丐一点儿粮票。

蜀国之游结束啦。Auf Wiedersehen①，峨眉。Auf Wiedersehen，

---

①　Auf Wiedersehen，再见。——编者

mein Bruder①，到昆明再给你们写。

18∶45　峨眉县城回首云山

第 5 封

3月26～29日　峨眉车站→成昆线隧道→昆明车站

老爸老妈：

　　昨天日行 90 里，登高 2400 米到万佛顶。今天日行 110 里（外加 30 里搭车）下山，看来还未老朽，一过磅，135 斤，还长肉了！不过从县城到车站的 8 里路，步履艰难，蝉鸣也嫌聒噪。

　　买了到桂林的票，准备坐 0∶07 的 411 次到金江候 189，这有几个好处：有效期长，省一天住宿费，省一元加快费，分两次坐车不至于太累，明晚可在金江用晚餐。此外，慢车还可能空些。

3月26日　23∶20　峨眉站长椅上，车站挺清洁

　　411 次果然挺空，一上车就有座位。

　　这一路上，我始终温良恭俭让，想做出知书达礼的榜样。我对面那条长椅上，躺着一条恶汉，不让任何人坐，也不让我把脚支在椅边，我谦和讲理，他倒动起手来，口中骂骂咧咧，大半听不懂，只听到"看你还是个有知识的"。有知识的就该受欺负，倒地道是咱

---

① mein Bruder，我的兄弟。——编者

新中国的传统。我也不得不耍起蛮横来,那赖汉才老实,喃喃道:"你以为我怕你,哼哼。"难怪夫子说礼不下庶人。

攀到行李架上躺了六个小时(还睡了一段)。爬下来,原为看看川南景色,但列车几乎始终行进在隧道中,黑漆漆的。偶出隧道,就见碧蓝可爱的天空,飘着几朵白云。北风。一闭眼,就重见峨眉的云烟,青崖,飞瀑。

27 日　9:50　近喜德

远处有山挺拔峭立,皑皑雪顶,嵌在碧云天间。听说大凉山区颇有奇山。不过不见了盆地那边的富饶。山常是秃的。人烟稀少,土地贫瘠,是当年诸葛武侯深入不毛的所在了。上车多彝族,大半面黄肌瘦;却也有一小伙,身材魁梧,目光炯炯,长得像孟获似的。语言不通,无可交谈,就只管倚窗眺望。

成都街上,曾见因为自行车相撞,两条好汉揪住一个娇娘要打,只为一个同伙拉住,那娇娘才得蹬车而去。又曾见一个徐娘同一个青年警察大吵,另一个青年警察旁听,围了几十人,津津有味。蜀人确把吵嘴视为一门艺术,好比听场相声。可惜四川话说得快了,我就听不懂。

现在要离开了,想起这些,都成了趣事。别了,川西坝子!阴霾的天气,圆胖的佳人,灵巧的嘴皮,好客的主人,不朽的都江堰,气象万千的峨眉,好玩的四川话(斋堂,抄手,耍,啥子)……

过了小相岭,进入河川谷地,两边的山退后去,地势开阔了,也不再一味钻山洞。西昌是凉山州府,川南形胜之地,气候温和。此刻暖风频吹,阳光明媚,干干净净的,真美。这趟车一直播放着外国名曲，如匈牙利第五，音色固呕哑啁哳，听着仍觉快慰。

西昌盆地的风和光，像新疆，好明快！轻盈的白云在远山间游荡。可惜隔一座山，看不见左边的邛海。右边是安宁河。原可在此下车游览一日。不过两条峨眉腿仍甚酸痛，但愿明天恢复过来，又可以开始跑路。而且这趟车不满定员，极舒适，有点舍不得下去呢。

越过了盆地，又开始钻山洞了。

米易。驶入夏天了，种着芭蕉、卖着甘蔗、穿着衬衣。

近金江，车厢里人不及定员之半。

成昆线上

原拟在金江溜达溜达，观赏金沙江。其实火车先已过了金沙江大桥，江也没什么好看。金江是渡口市的一个区，为攀枝花钢厂和钛矿的运输而设，车站正在扩建，旅客等在一个棚子里，比较乱，我就在售票处前的台阶上坐。四周是些小山，天气闷热，浑身酸懒，无精打采的。不知怎么，一个青年警察凑近来，和我攀谈。好聊了一阵，听他对现行体制公然大放厥词。说到投机处，这位邹姓青年便要和我结识，把我领到警察宿舍，结果在那里消磨了整个晚上，一边喝茶一边同几个青年警察聊天，从四化讲到两性关系。没想到在这僻乡，一伙干着警察行当的青年人，于世于事的看法，竟颇多中肯合理的。小邹去帮我加了快，提前送我进站，弄了一个座位。车不太挤，但毕竟不舒服。昏昏沉沉过了一夜，到达昆明。

十五年前，昆明刚刚在建火车站。如今已不辨当时面貌。不过从京都人的眼光来看，这里的建筑、街面、衣着和相貌都是边远地区式的，也就是说，比较土。

找到布珠巷三号，同舅公舅婆聊了一阵，见了姑姑一面，舅公半身不遂已五年，现勉强能行走几步，神志还清楚。大家忆旧，唯有白驹之叹而已！

28日　11：20

　　刚写完以上几字，就见到了姑父和庆礼叔叔。叔叔是收到爸的信后特从安宁赶来的。还有三姑娘向红，去年高中毕业，现正在补习准备高考。午饭桌上，姑母和叔叔展开了如何安排我的讨论，叔叔的安排比较紧凑，决定采用。

　　稍事午休，就同庆礼叔叔坐40公里汽车到安宁。见过婶母，同叔叔骑车到温泉去，风大，然无沙土。进了山坳，景色渐见优雅。此泉被称为"天下第一汤"，洗了一阵，果觉轻松了不少。然后拍了几张照。叔叔对摄影非常认真，几次要离开一个地方，又说，"对了，还有一处的镜头很好"。叔叔身体很好，健步如飞，蹬起车来我赶不上，虽然年五十有三矣。

　　晚餐丰盛可口，饮葡萄酒，闲谈。叔叔是放射专科的（也在县人委任职），讲求效率和准确。拿出一本他的近著给我看。小三也在，一个极老实用功的孩子，在云南工学院建筑系读一年级，很热爱自己的专业。老大在云南农学院读畜牧，1978级，老二在云南省专读一年级物理。二老显然很为三个好孩子骄傲。也确实值得骄傲，没辜负这样好的父母。

　　两夜未得好睡，困死了。

22：30　安宁医院二楼

上午同叔叔坐车上三清阁,登龙门。春天,又是周日,游人攘攘,虽然壁上书着"红尘不到"。叔叔给我拍了不少照片,说一洗出来就给您寄去;想必每一张上都有几十个人头,您慢慢琢磨哪个是我的吧。入滇那夜昆明雨,这两天风,因此天碧云轻,格外可爱。旧所称五百里滇池,1966年来时还是水乡,如今一大片湖面已被造田,这里生产的一个馒头即使卖上一元,也得一百年才能还清填湖的本钱。不过,湖缩小了,就更容易尽入眼底了,白帆点点,波光粼粼。

先后在法华寺和华亭寺转转。同叔叔谈了许多,很谈得来,性情也相投,只在照相留念一事上相左。叔叔对我关怀备至,且在短暂的接触中,就可见其方正谦和的品性,令人敬重。

下西山,返昆明,到师专去探望老二,不遇。

省图书馆。这才知道咱读书人守着北大、北图有多福气,此处的德语书竟只有马恩列斯和咱中国人,如毛、鲁迅的德译本。

昆明海拔1600米,多晴天,多风,这些可以从居民的肤色上看出来,不像成都人那样白白嫩嫩。昆明人相当老实,寡于交际,城市秩序也安定(人说安平生管云南,但求平安无事)。

您的来信一到昆明就读到了。大家都不要我买东西,让我怪伤心的,失去了一次报效的机会。那就节省两个小时逛商店的时间吧,反正全世界的商店都同王府井一样挤,一进去就能测出谁有高血压。昆明有好烟好茶,但带着去转半个中国也的确不算最方便。姑姑送的两盒,都是纸盒包装,带到北京也成茶叶末了。明天看看能不能从邮局寄去。

29日　17:10　云南省图书馆

第 6 封

3月31日～4月1日　昆明温泉/西山/石林→贵阳　花溪

刘建（笔者最要好的朋友）：

寄给我家的信想来都读到了，就不重复，接着写下去吧。

前天晚上回到布珠巷，饭后看看相册，听姑父姑姑聊家常。我姑父一向在敌营工作，是国民党少将。解放军定军衔时也封为少将。由于彼时单线同周恩来联系，故不少人总把他认作国民党，始终未得重用，在昆明军区当了一段副司令，后来调到云南农大任校长。外行办农场，下多怨言。现在任了闲职，在省政协当副主席。姑姑做过各式各样的工作，车间书记、省委秘书、公检法、支前工作，现在省政府财贸办公室工作。说如今苦于不精通任何一门业务。

昨晨赶七点的汽车同我叔叔往路南石林，123公里，10：40到。在电视里早到过这里了，不过身临其境，另有一番景象。风和日丽，再没有比这更好的游园天气了。石林路遥，游客毕竟少一些。近石林时，见成片的红土中立出一二怪石，似乎是人有意安排的。到游览区内，便只有丛丛怪石了。登亭望去，森森而立，一时错当是树干丛生。这一片怪石（比想象中地片小些，绕一周仅两公里）若置于峨眉群峰间，自然更为壮丽；不过平生在土地上，再加碧潭青树，倒也算得是园林中最美妙者。转到林中，奇岩四耸，曲径迷离，好像进入八卦阵。这又是造化奇功了。

未久，遇一英国人 Jack，攀谈起来。几个钟头走在一起聊天，居然交谈得很顺利。我叔叔也正在练口语，所以乐于相处。

　　回到布珠巷，决定不拖延了，第二天就动身。舅公舅婆姑妈堂弟难免挽留一番。晚上就大家聚在一处，扯了不少家常：国外的亲戚，国内的亲戚，上一辈的脾气、恩怨、得失，下一辈的学习、婚事、前途。一时间，气氛十分融洽。这回在昆明，半作游览，半作探亲。过得不错，玩得也好，只是坐在客厅里，正经大人似的，想想，可不是，就要到而立之年了；可迷在大山中，却露出野孩子的本相，那时当真相信，人从小到老，心其实是一样的，只是社会越来越把你当个大人了。

　　今天上午洗洗衣裳，又同舅公舅婆聊聊天。这次出门，昆明是第一处长驻的地方。住了四个白天，却只去了三个地方（温泉、西山、石林）。休息得倒是不错，两腿已不再那么酸痛了。昆明的名胜很多，本来还应去走走，不过此间多是长辈亲戚，不宜只顾一个人在外跑，且金殿等所在，1966年也都到过了。金江售票处前曾结识一位妇女，农村来的，却非常开朗，富有幽默感，问时，知是丽山的小学教师，到昆明探亲。同路到了昆明，邀我到她丈夫工作的汽修三厂去看他们。但没找出时间。听她讲云南西北西南，立志要专程去领略一番，也许咱们可以同游。可谁知道，也许又在十五年之后了。

3月31日　13：00　昆明市布珠巷

　　姑姑和叔叔送到车站。票上印着"超员"，无座位。在邻行李车的洗脸室摆下提包，坐在上面，暗喜没有人来同我分享这方宝地。可惜开车以后，洗脸室还是来了不少客人，其中还有一个伤风小伙，真可怕，虽然人不错。读读英文，看看窗外景色。旅行时真懒，最多读几句诗文，难得拿起英文来，出门时还以为一路能把第四册 *Essential English*① 背下来哩。落日极为壮丽，列车随山万转，开得疯狂，地平线忽高忽低，一晚就欣赏了一百回落日。

过曲靖后，车空些了。有个好心人专门把我叫去在位子上坐了一会儿。我倒觉得洗脸室不赖，所以又转回来。过了安顺，回忆着当年去黄果树的情形。

接近贵阳时，车开得飞也似的，起了不下车的念头，那么今天午夜就到桂林，不过，这次没有跟随这个陡起的念头。当年四次途经贵阳，都只停留而未游览。出门前没来得及做点旅游功课，生地方如贵阳者，竟不知有什么去处。但这次既来探路，就不该再不明不白地错过去了。

下车来，天黑蒙蒙的，却又觉得无聊。看到人人都有人接站，还起了一阵孤旅惆怅呢。无疑是这几天在昆明被惯坏了。姑姑叔叔等人，对我始终热情有加，已经坐在车里，还一次一次转上来查看，开车后，频频挥手，直到消失。

候车室挺干净，正可小睡。

4月1日　6:20　贵阳站候车室

在候车室睡了一觉。在公共场合纳头大睡，醒着的人来看，显系一条赖汉，但在睡者眼里，却是峨眉的仙云，石林的神岩。只怕平日清醒之时太久，如今来此酣梦，岂不甚妙？

一觉醒来，已十点，刚翻起身，就有一个文质的姑娘在旁边就

---

① *Essential English*，《基础英语》，一套英语学习教材。——编者

座。问她是否本地人,她警惕地反问我什么意思。我便说明,我在此换车,想出去玩玩,苦不熟于贵阳,就此打听一下。姑娘详细地介绍了一番,说花溪最好,但很远。其实不过20多公里。问如何换车,连售票员也弄不清楚。费了十几分钟的探问,到花溪,却不过一个小时。

花溪是贵阳西南的一条河,沿河风景优美,辟为公园。入口处,设一个门两个老太太卖门票,一角一张。但游人皆不买票,直冲进去,说是路过。本来的确也可以从另外好几条路通到河边。公园里满是人,打扮得像梨花,长得却像酸梨;任一伙男女都拎一个大录音机,挤在一起照相。我身着旧衣,在游春的男女中横冲直撞,活脱像那个马二先生。1966年在贵阳住过两天,只见过五分钟太阳。今天倒始终能见到一层薄薄的阳光。

溯溪行20分钟,游人渐少;清水漫漫,垂柳夹溪,梧桐夹道,景色虽平常,倒还幽雅可爱,有几分像黑山扈(笔者在北京的居处),更宜于土著来散步,而非外番寻胜的至境。走了一个小时,溪边坐下歇息。眼前有两座百余米高的石山,登临望远,可能有趣,但没有去登,只是往前走了几步,登上花溪水库的大坝,大坝那边,两岸略陡,河水益清,无一人行走,若有时间,到那水边去躺一下午才好。

赶回汽车站。车上几台录音机播出"黄色小调",交响震彻车厢,青年男女,搂作一团。在中央首长眼里,半座贵阳的青年可谓流氓,正如半座北京的青年可曰反革命。他们当然不妨碍我,靡靡之音也比红色样板音乐来得顺耳些哩。不过我们也无共同语言。现代以来,已无所谓绝对的标准:信仰、品级、理性、经典坐标系,统统"就是那么一回事儿"。我们老一辈的也得学着不再称谁对谁错，谁善谁恶，只说"有所不同"。

吃饭，店里的标价和服务的安排都很奇怪。贵阳处处给人愚不可及的印象，不知道如何生出解冻社的一群俊杰。还有空暇，遂沿街走走。破破烂烂，到处有没受过教育的无所事事的青少年闲逛。老年人无能，青年人无聊，不知还有什么能让这个老大民族振奋起来。不过，中国人的哲学是只要能混下去就行，就连建功立业，也混称为"混得不错"。于是就混。

又是一次长时间的旅行，这趟车真慢，明天午前才到柳州。

16:05　304次驶出贵阳，对面一对青年男女，显系习民

第7封

4月2～3日　贵阳流山→桂林伏波山／七星山／象鼻山／漓江

嘉明：

一直无所用心地向窗外瞭望，总是回首乱山横的景象。我爱贵州那些大山，暮色浓重之际，就更显得深邃。

天黑到都匀，对面换上两个小伙，脚臭不减老兄，直是耐不住，只好跑到别的车厢去混了几个钟头，入夜弄到一条长椅，美美睡了一觉。到金城江时天色蒙蒙亮了，都是桂林那种山了，奇峰异峦，一座座都从平地突起，百看不厌的。近处青碧可爱，远处迷迷蒙蒙。窗外是龙江，水清且深，然渔船甚少。这一带山山水水是国中最秀

美的了。

4月2日　10∶00　流山，习习谷风以阴以雨

304冒雨驶入柳州。到那里才知道408月初开始改走柳州—井头墟（原走长沙—韶阳一线），于是就放弃了202，改乘408。吃了一顿饭，接待了三次要饭的，匆忙回到车站。就在这个车站，十四年前打架打掉了一颗牙，好容易把小命儿逃了出来。

车上非常空，等于没乘客，就同乘务员聊起来，才听说柳州有个什么洞（听不清她的口音），比芦笛岩等洞大得多。这回错过，下次再来钻吧。

这一带很热。地里在育稻苗，五月前插毕，七八月收，然后种晚稻，十一月收。（昆明正是麦熟时候，收麦后种稻。）山渐少了，乘车观雨，亦佳。这空荡荡的车厢里，这阴凉天气，该做些什么？当然，几个朋友，半箱啤酒，一桌桥牌。该有人来一同消受此清福。

整个广西都罩在这片烟雨之中，虽使山水恬淡，只怕也要使我畅游漓江的好梦受阻。

16∶25　苏桥

17∶10抵桂林站，站建得挺像样，今非昔比。对一个铁路旅客来说，车站的模样占了整个城市的一半。

冒着雨，先到广州军区桂林招待所。通过电话，吃饭安顿下来。擦洗时，李君来了。泛泛谈了一会儿，他因为没考上大学，所以在部队里的工作比成都的小哥紧要，在干部科管人事。

李走后，第一件事就是打听去梧州的船。从北京到桂林，所有

人都说漓江不通航。现在探得：通航。只是船票15元，贵了点儿。如今游客多的地方，动则要票、要钱。不远千里来了，什么都想看看，因恨乱收这几角就掉头而去，显得怪意气用事的。但钱这等不经花，看来得把诺贝尔文学奖预支出一部分才好。只恐怕这辈子等不到评奖委员会的老头儿学会中文了。拎着一瓶一钵来游南海，殊非易事，出门后处处寒士作风，170元也只剩得50元（其中车费近70元）。不过花销和预算差得不算多，稍有赤字，低于中央政府的。

桂林已成了一座旅游城，到处有旅游车船广告，却找不到哪里管普通客运。外国游人多，于是服务员的职业病格外重，对中国同胞一律不客气。桂林的主要商业街中山路，直到九点仍灯火通明，顾客不绝。在街上闲逛，闷闷不乐，一种举目无亲的感觉，比不了当年咱俩在这儿大闹市委的风光了。忍不住破了独自不饮酒的陈规，两角钱要了一升啤酒来饮，八成掺过水，淡而无味。

于是转回宿舍，洗洗衣服。只愿明天雨过天晴，由得我好生玩一圈。桂林城已不复是当时的桂林城，只愿山水别来无恙。

21：55 桂林招待所

今起身后先到二十分部借出自行车和雨衣，转回解放桥航运售票处，那位女同志是此间不多的人，百问不厌，只是对情况不甚了了。决定后天先乘船到阳朔再说。遂蹬车冒雨把桂林的大街小巷转了一遭。进到广西师院，绕独秀峰一圈，因饿，未登，当年和老兄同游此地的情景，仍历历在目前。到伏波山，山上一岩削平，赫然五个大字：毛主席万岁。字万岁，人安在？腹中空虚，登餐厅要了一份菜饭，外加二两劣等白酒。座头下临漓江，细雨成阵，航船点点。十六个座头唯我一人；餐厅三面玻璃窗（东南北），漓江风物，一览无遗。雨一阵阵紧，不知何去何从。

3日　11：15　伏波山餐厅

　　先在环珠洞转了一圈，遂登伏波山。登高临远望故乡渺渺。然后到七星岩，门未开，先翻进去，却有闲人找来服务员将我唤住。只好买了门票，只好站在人群里一起等了二十分钟，只好裹在一群游人里，跟着讲解员挪动，听她讲解。讲解词比我们的电影脚本还枯燥，即使有一二好笑的台词，被她用平板的声调一背也就索然无味。灯光照在奇形怪状的钟乳石上，她就告我们这块像冬瓜，那块像苦瓜，直把世人都当了傻瓜。我们的讲解员就像我们的理论家一样，把一切都替人民想清楚了，生怕你自己还弄出点想象力来。其实开亮了灯，该作说明的写在一块牌子上，任游人自来自去，看到多所像类的形状，引臂垂瞳，随心去想，岂不更好？

　　走过两三处，再不肯裹在人群里，径自闯到深处。里面是一团漆黑。幸有一讲解员穿洞而过，开亮洞里的灯，我便随后学着开灯，独自在洞内游览了一遍。

　　出了洞，翻身上到七星山中间的一座。鸟啭风吹，清宁可爱。雨中山树，别有新趣。却不曾遇到一对年轻恋人来冒雨游山。桂林青年只知晚上逛街，仿佛都过了恋爱期，到了买家具的火候。先还有小路可辨，未久，石径漫灭，遂开始艰苦的攀援。早想在无路处登一次山了。草木绵密，石壁峭拔。荆棘把手划出了口子，被雨水打湿的岩石蹬踏不实，只靠山壁多凹，可以援手。草树上的雨水早把一身打透了。在无人经由之处攀登，必有格外的辛苦，却也就有格外的乐趣。将及顶，已到云中，只辨得十步之内景物，朱碧相间，不禁欢呼,惟身悬崖壁,无从雀跃尔。云时而在上,时而在下,时而在身际环游。山正顶有一石莲,酷似石林的莲花石。

正在想这样的好景致怎么倒没人来拍照,忽然闻到一阵恶臭,四下察看,却见岩缝间一具成人尸骨,将及烂尽。一面欲掩面遁走,一面又忍不住看,想看个究竟;白森森尸骨间虫蝇麇聚,又让人恶心得不能端视。进退之间,忽然风雨齐作,那些蝇虫轰然而起迎面乱扑,一个大男人竟登时惊怖,仿佛遭遇到什么邪魔,跌跌撞撞几乎吓得跳崖。

躲到莲花石下,凄然惨然,早没了赏心悦目的兴致,待雨稍歇,就下山报警。但下山无路,更苦于上山时。待某小心行来,此不祥之地也。

15:30　七星山顶,避风雨于莲花石下

从峭壁向下爬,岩壁浸雨甚滑,每下一米都要付出许多气力。更兼尸骨的臭气仿佛黏在了鼻膜上,弄得人心慌意乱。终于跌了一跤,顺一道滑梯也似石板下滑一两米,幸亏一直提着胆呢,没有慌乱,两手抓在岩刃上止住了。否则十几米的峭壁下,乱岩突起,一头撞将下去,只怕也要成一具白骨,等下一个游人来发现。当时就下了决心,只要这番安然返回地面,旅途中就再不做冒险勾当了。止是止住了,石刃早把双手割得鲜血淋漓。不知多久,才降下这百余米高的岩壁,从缓坡下山,一路余悸未消。到派出所,才知那个死人大约死在去年七八月间,几个月后有人上山,发现了,报了案。警察上去察看了,不知什么人,怎么死的,估计是自杀。山险难攀,所以不曾把尸首弄下来。

出派出所,始觉身上湿透冰凉,两臂肌肉拉伤,双手割破处,痛不可当。匆匆蹬车返招待所，洗伤口，换衣服鞋袜，擦车。

晚饭后，雨稍住，出来散步。到杉湖边看看，又到榕湖，找到当年同老兄等宿夜的湖心亭。吸一支烟，一面想，当年同老兄在桂林市大闹一场，这番算是报应吧，弄出这样触霉头的事来。好容易攀上一座孤峰，不曾美美观赏人迹罕到处的山、石、树，倒在冷雨凄风里和一具尸骨做伴儿。这时倒步步小心，连小水塘也绕着走。到了象鼻山，登上山去，天色已晚，山上并无一人，独自眺望漓江两岸，灯火正黄昏。昔时读的诗词，都吟到口边，多是思乡怀旧的意思。亲人的音容笑貌也都浮在眼前。这一次，万里逶迤，好山好水已见了几处，却还不曾遇得一个出类拔萃的人物。

下山，沿漓江走到解放桥，又绕回中山路，回寓所来。没对桂林人留下什么特别的印象。傍晚时分，园亭湖畔也没什么游人，只见一两个孩子在温功课。听说夏季外来的游人甚繁。庆幸自己来得适时，一路都说，旅游旺季即将开始。到那时，峨眉山顶一天要宿几千人，桂林如何，更可以想见。

21：20　招待所

第 8 封

4月3～5日　桂林南溪山月岸/叠彩峰/隐山→阳朔

阿晖：

下了一夜雨，还不见晴。先到码头买到阳朔的船票，吃了午饭，重到七星公园来。先上月牙山，到半月亭，路断了，便折回来。遇见两个人，定要拉我照相，本谈不拢，却还是留了地址给他们。好容易脱身，独登旷观亭，看七星山中峰，比月牙山还要高些，四壁如削，想不出昨天怎么攀上攀下。伤口化脓了，好像是见证昨天确实苦登了一番。

约伯说："难道我们从神手里得福，不也受祸吗？"① 我觉得这是《圣经》里最动人的一句话。不过，从我的自然主义来看，这话也可以解释成：不拿到坏的，哪儿有什么好的可言。所谓：不善，善之资也。

从山后绕到博望亭，然后回宿处给北京拨了个电话，没打通，把姑姑送给爸爸的茶叶寄出。

此时天开日照，总算盼到晴天，心里高兴。骑车到南溪山，此山更险，石白如玉。一伙人拉着我好凑够数进洞。等开洞等得不耐烦，又绕道来穿山。南溪山同穿山隔漓江相望，但必得回市区过解放桥才得绕到江东。桂林的山奇，山山有洞，洞洞相通。穿山有个穿山岩，也要待凑够人才开。我本不很在意钻洞，何况一大群人一起钻。进过七星岩、芦笛岩也就得了。

穿山南侧，有一个大洞，名月岩，高广各数丈，地下平坦，两首通天，岩滴清响，风动凛然，实是一个绝好去处，却无人到此，容我清静，岂不怪哉？晴日望桂林，别有一番佳丽。漓江如练，群峰如簇。但愿天公作美，再晴上一天，待我到阳朔再雨吧。

4月3日　16：20　月岩北口依风穴以自息

---

① 《圣经·约伯记》2：10。——编者

下月岩，上穿岩（此穿岩非彼穿山岩），稍深些，然不够宽广，故无气派。来不及去塔山，只隔小溪望望，就往桂林另一端（北端）的叠彩山来。游人已寥寥，却遇一伙日本人，一老者错当我是日本人，过来与我攀谈，我试用德语英语回话，他又不懂。相视而笑，而后分手。

山顶上又只剩我独自一人，看乱山乱云斜阳。而后恶云又起，怪雨时飘；怕又是一场销黯，永日无言，却下层楼。

4 日　17：45　叠彩峰顶

昨晚下了叠彩山，到隐山去还车，同李君及其大舅子闲聊，这次气氛融洽些。李拿出利用工作之便弄到的外国录音机、雨伞、尼龙裤、手电和筷子，得意了一通，可他还是十分怀念毛主席，对当今的开放政策颇不以为然。李口才很好，说话像做报告，一色新华调式。奇在他能用这种句式说出许多聪明话，对基层管理发表了一套很不坏的见解，当然也就有怀才不遇之叹。他大舅子寡言，我以为他呆。

李送我们二人出来，走了一程。刚分手，大舅子便对我道：他妹夫的思想太保守，其实中国坏就坏在……我们一路走，谈的都是政治，很是投机。中国人关心政治之热情，出人意料。记得在昆贵线上，独坐一隅，仍听得从车厢里飘来种种政治议论，也有大骂出口的，形形色色的立场都有，在此不一一写下，恐壅君之不识也。

此时雨已稍大，分手，回旅社。边收拾行装，边和同屋一名广州军区青年干部说话，他是海南岛人，盛赞海南的美好和富饶，引得我很想去走一遭，但说是只有六七月间最好，水果、鱼虾最丰。

一夜雷电交加，这种天气，身上黏黏的，被褥潮潮的。从柳州就起了疙瘩（也许是跳蚤咬的？），因天气潮湿，至今不退，好生难受，扰我酣眠。

好歹睡了几个钟头，五点半醒来，雨已停，天尚阴，孤零零走上清冷的大街。

此间都说汕头一带东西便宜，你和申萱（笔者的妻妹）要我带点什么吗——我争取不上当不买假货。

好啦，该赶船了，不多扯。

5 日　6:35　阳桥邮电支局门前

第 9 封

4 月 5～7 日　　漓江→阳朔→梧州

嘉曜：

漓江上不通纯粹客航只通游艇。我乘的当然是次等游艇，买的是到阳朔的单程，其他游客买联票，下午乘汽车返回桂林。一个统舱，横着数十把折叠椅，密密排着，20 排左右，中间有容人的通道，像电影院。舱四周有甲板，可以站在那里观看景色。我坐在右手靠窗，视野很好。

船开动时七点三刻，顺水，略高于骑车速。桂林阳朔水路 83 公里。江西岸有一条路，不过不少山峰直立在江底，所以一直沿江步行是不可能的，而且都说漓江景色要由江上看才好。此艇的讲解员，有幽默感，知识也广，说话不像背书似的。天阴着，虽未见水光潋滟，却观得山色空蒙。沿岸风光，春夏秋冬晴阴雨雾，各有千秋。

　　船过草坪，进入阳朔风景区，景色更佳。阴云渐淡渐消，涌出一派日光来。夹江千峰林立，奇岩黑洞，暗泉明瀑，花树交映。映山红开得正盛，在这大山水里，不要什么名花，开放得烂漫就好。时而有百丈屏风拦江而立，江流因之一转，放出又一番景观来。

　　到一处爱一处。在蜀国辟一座仙山、立一所书院固好，沿漓江一山山、一洞洞地踏探也不坏。

　　过了兴坪，两岸转为土山，景色平常了。岸边时而还有些凤尾竹，但不似方才那般生得美妙。

清明　漓江上

　　阳朔附近的山水颇好。将近一点，船到书童山弯转回阳朔。先到汽车站问明车船，再找一家旅馆落脚。峨眉县旅馆如林，八毛九毛一天，此间却只有两家一块三。倒是座大楼，环境比桂林招待所好得多。确实得有个旅馆落脚，趁天气晴朗，晾晾衣服，也得好好睡一觉。

　　有旅游车转阳朔周围，但乱哄哄一帮人乘旅游车，不如自己出去转转。同舍的肖君却要同行。肖是南山小刀厂的推销员，31岁。他坚持认为我一人走无趣，证据是他自己来过阳朔好几次，因为是独自，所以不曾在外闲走过。结果与他结伴十分有益，他一路上教我识认各种植物，我用心学，只是太笨，总分不清，觉得南方植物都同橘树差不多，叶子像涂了蜡似的闪着绿光。他指给我一种含笑花，发浓烈的橡胶水的香味。柚子花也极芳香。此地柚子便宜，虽经冬仍卖不到三毛一斤,于是不过日子了,买了十来斤。

到了阳朔公园,有几座山,高可二三百米,但占地不多,不消几步,就把山底绕上一圈,因为这边的山都笔筒似的,如柳宗元所说,有山无麓上下若一。登了一座较矮的,因为只有此山有路可上。俯看阳朔,一个极小的县城。下山穿镇到漓江边。刚才几条游船载来千余人,此刻已冷冷清清。沿江走了一程,走得乏了,回旅社吃晚饭,虽不好,倒便宜。阳朔附近山水可爱,却没有什么雄奇惊人的。

傍晚,向南,过了阳朔大桥,沿东岸散步,四天烟霭浓重,头顶上却是青天白云,借着晚光,看漓江中青山倒影,看水边的凤尾竹,如巨大的文竹,文雅而柔和,这种傍晚是绝对美好的。竹丛中有竹笋,也有未经挖掘枯老死掉的。行未久,小溪断了,虽甚留恋,但不好拉肖再向前走。我们已经混得很熟,他不爱风景,只是要陪陪我。肖的生活知识很丰富,深明世故,人却十分老实,乐于助人。和这样懂事却不油滑的人相处,自然舒服。

难得如此清宁的夜晚,想到街里一同喝一杯,却只有一家铺子开门,只供应"云吞"。遂回屋,大嚼其柚子,好像一辈子吃的柚子加起来也没这么多。不酸,也不太甜,甘美醇香,正合我口味。出门20天,享受了不少美景、快乐。当然也颇吃了些辛苦。一路上,阴晴倏忽,冷热不定,我始终穿着北京时的一身,生怕着凉,仍有几次要伤起风来,三次在火车上用开水冲了感冒剂喝。此外,同大踏(笔者的好友)一样,不论吃什么,到腹成空,转瞬就饿。

出来时间不长,但有意无意认识到或体验到一些什么,文字也讲不出。好像是要说,万里游行,深感穷好富好,只要人好;水长山长,终须情长。

一直匆匆忙忙的，今晚却闲得说起废话来。好，洗了个澡，该睡了。旅馆楼中客人不多，清静舒服。

清明　22：20　阳朔旅社

昨夜本想沉稳睡一觉，早晨好起来再看看漓江，因为汽车一出阳朔，就不再转近漓江了。谁知躺下不久，扪到一只巨虱，原不值大惊小怪，却也扰得我半小时辗转；方入睡去，楼中一片喧闹，原来服务员分错了房间，一个男客晚归，进到两个女客屋中，于是女客们不干，她们的男伴更不干，说是这一夜都不敢睡了。怪还怪在，服务员于是就挨门挨铺察看，是否还有男女同居一室的。闹得停下来，已午夜后。却又飞来几只蚊子，熬不过，起来下了蚊帐。好容易睡着，一觉醒来已过六点，来不及去看漓江了。且清明时节，黎明时雨一阵疏一阵紧的。

七点三刻发车，同肖挥手而别。撒了石子的土路，路面很糟，颠簸急剧，把一扇窗玻璃也颠碎了。时落蒙蒙细雨，大山都蒙在烟雨中。蒙江时在车左，时在车右。车开得挺快（这车已安全行驶80万公里）。汽车不算太脏，只是坐得腰酸。先只停了荔浦、蒙山两站，荔浦一带又多转为土山，无可观了。

十一点半到陈塘，停半个小时，匆匆吃一餐饭。出太平后，再未遇雨，再未停站；村落更少，入山愈深，近梧州时，干脆在山背上开，倒痛快。以后一路下坡，降了总有数百米，下午五点抵梧州。全程约270公里，票价6.95元。九个多小时，早把人颠得晕头转向。车一直满员，周转不开，人造革椅面上坐出一汪酸汗。

车站就在西江边，向东不远，先到梧州港客运站打听得航班汽车站对面的中心饭店床位七毛，统舱一样的并排双人床，大厅里排着百余，各色人等，闷热不堪，条件委实恶劣。设想在候船室度夜，却禁止。于是返回中心饭店，找了个上铺。

浔江和桂江在梧州汇成西江，江面广阔。这是我到过的第一个不在铁路线上的大城。人口众多，挺破烂。

容我喘这一口气，把下一步安排。

6日 18:00 西江岸，天涯倦客

买到肇庆的船票，173公里，2.07元。漫无目的地在大街小巷串。梧州给人的第一印象是闷热，远过桂林、柳州等地。男人们都赤着上身。在我所到的几个城市中，梧州人是最不讲究衣着的。第二个印象是拥挤，房子很小，只够祖父祖母住，现在可是子孙满堂。至于市面，各地都一样。

转到天黑吃了晚饭，沿江滨大道走。江滨修整得很差，可也挤满了纳凉人。非情侣们并排坐着，情侣们搂做一团。在夜色中，所有的情侣都是幸福的——除了热点儿。有话的滔滔不绝，无话的相对嗑瓜子。无法同任何人攀谈，简直一个字也听不懂，像在外国。在外国还听得懂 I love you 或 Ich liebe dich[我爱你]，广西人怎样谈恋爱却一字也听不明白。两广人说的叫"白话"，连广播也用这种话。一路上常渴望遇上什么人讲讲普通话，各省至今仍只讲方言，不但音调不通，措辞也不同。

一直走到人少些的地方，坐下来，身心都感疲乏。一停下来，就有莫名的沮丧。难怪歌德说：男子汉的事业就是日夜不停。日夜不停的最大好处肯定是：可以不住下等旅馆。

无月，满江的船灯。面对西江，思考着我喜欢思考的。坐得够了，往回走。回到旅馆，洗了个冷水浴，觉得"热得好些了"，大厅里的气味却洗不掉；妈若到此等所在，最多五分钟就得休克。

　　赤身躺在蚊帐里。蚊帐缀有数洞，钻进蚊子来咬，起来一一捕杀；还是咬，这番怕是跳蚤，便无奈了。奇痒难禁，并不能片刻入睡。看来南夷瘴疠之地，非吾北人之所能久居也。

　　一点多，西江岸上仍有人歌唱，此时外面静些了，也凉快些。大厅里鼾声四起，时杂吼叫；下床的人喜欢梦中雀跃，把上床晃得摇篮一般。如此度夜，确很别致，反正天明后若困得不行，再找个公园睡一觉吧。

7日　2:55　中山饭店

第 10 封

4月7～8日　梧州西江种种

嘉明嘉曜并呈父母亲大人：

　　后来终于睡着。由于旅店对着汽车站，一早就听到车次广播，先用"白话"说一遍，再用同白话差不多的普通话说一遍。一面挣扎着再睡一会儿，一面恨恨想，宁宿街头，再不可住这样的店了。

　　住一个店，要办三道手续，广告上还写着"手续简便"，吃一个饭，也要两三道手续。退了旅馆，到中山（北山）公园来。这是个动物园，一面上山，一面胡乱观看，孔雀黑熊阿驴（一个朋友的绰号）

骆驼；只有一种猴面鹰是未尝见过的，是种珍贵动物，像猫头鹰却果然生了张猴脸，蹲在树上，竟辨不出是鸟是猴。

天阴着，穿一件短袖还算凉快。山上没有游人（梧州也有没人的去处！），心情闲散。梧州坐落在江北，中心在桂江东岸。坐在亭子里，树木把视线都截断了。想登高看看梧州全景，却并无顶峰。信步下山，孔雀正开屏，坐着看了近半个小时。绿色大羽毛上黄环蓝斑，再配上颈胸上闪光的孔雀蓝，煞是美丽。白孔雀开屏，洁白一片，也美。还看了一阵猴子，忒人一式一样个。

总而言之把时间混过去了，走到桂江桥（西江无桥，只有摆渡），上了红星327号。舱房里的Lebensraum［生存空间］是充分利用上了：上下两舱，每舱又两层床，是把通铺稍稍隔一隔，那宽度容不下比我宽的，幸好本地多瘦人。上面每个铺头顶着一扇小窗，而我的那层四等下舱下铺却顶着船底板。不过，只要不下雨，我宁肯不进舱，看见密密麻麻排着就害怕。可惜两侧甲板仅70公分宽，亦无坐具。

4月7日　15:30　船开了

船开起来，又凉快，又痛快。旅客们都躺在自己的铺上，罕有出来走一走的。我呢，始终未进舱房，始终在船首立着。上一次航行，是在小祁（笔者少年时最要好的朋友）和我的友情破裂飞往太平洋彼岸之后。当然，这次不是海航，有丘陵夹岸，水也不像海水那么清。但我站着站着，接续着昨晚西江岸上的所感所思。有无奈的笑，有欢喜的泪。

难道什么都不能留住你，

啊，我生命的金色华光？

日光之神剑，把私人恩怨的乱麻劈断，头绪纷纷坠落，其中的真义，冉冉上升，幻化作诗性的云霞。太阳像金红的圆盘，夺云而出，于是日周的云变幻着，像 Faust 和 Mephestopheles 这对不朽的 Geist 和 Geister① 在纠缠游戏。忽而，太阳又被零乱的云雾陷没，好像一瓣残破的玫瑰，飘零在泥污上。这时船后江面上，泛起一片红晕。船首远处，却是一片薄薄的青色。日暮时分，阴天，江山也格外静谧而神奇。

西江江流曲折。先过封开（北岸），看上去同梧州一样大，再过都城（右岸），船在罗旁停了一次，看上去是个小地方。此刻泊在德庆，已行了 79 公里。

19：05　西江水路

"弓势月初三"，西江一轮弯月，纤纤弱弱，轻易就被云吞没了。即使天黑尽，仍有许多可看：迎面而来的山影依稀可辨，不知河将流向山的哪边；闪闪的航标灯，黄、红、绿；出现一个村镇，灯光映在江中；同一艘客船相遇，这是最好看的了，三四层窗，都亮着灯。隐约又闪出一点星光来。北斗也露出一面，久未见了，好亲切。北极星低低的，好像贴上地平线了。嘀，柔润的江风扑面而来，四下黑茫茫的，好一种寂寞（不是难过）！一路上，人们常问我，一人出门，不寂寞吗？从买卖兴隆、拥挤喧嚣、体臭熏人的感情仿制品商

---

① Faust，浮士德；Mephestopheles，靡菲斯特，歌德《浮士德》里的魔鬼；Geist 和 Geister，灵魂与魔鬼。——编者

店脱身，落入寂寞与孤独，自当庆幸；即使身处真情实意之中，人也该有一个机会出离他处熟的环境，中止不断重复的话语，在寂寞中同自己交流，从沉默的方面把生活再体会一遍。

从罗旁后，站站都停，停了总有八九站，不少人上上下下。超员，好在人们情愿坐在舱里地板上，也不出来打搅我。谢谢他们。就这样站着，几个小时过去了。

22：55　西江月落

在甲板上站到肇庆。从远处先已见到城上的几片云映得白灿灿的。夜里来看，肇庆比梧州大，江左连绵十里，都是灯光。零点四十靠码头。愿上岸就上，否则留在舱里睡。看码头两盏白灯泡怪冷清的，没上去。语言不通，连问路都难。但舱底又有蚊子。这一夜好过了！

铺边同伙热情攀谈，艰难地说了几句话，是两天来第一次同人聊聊。蹭他一支烟。九盒烟都抽完了，今天中午起断烟。苦于语言不通，别人同我攀谈，只有苦笑答之，什么都无法打听，更懒得交朋友。

成天价缄口不言，在笔头上就容易啰唆。但笔走千行，终有一停，再见吧，亲爱的人们！希望到广州读到你们的信。

8日　0：50

第 11 封

4月8～9日　肇庆天柱阁

嘉曜：

　　原来舱里只让睡到四点半。真是个怪时间。洗漱，买一碗肉丝粥喝。到河口只早上七点有船，不知一天时间逛肇庆和佛山够不够。一共偷得两个月闲，难免处处安排得匆忙。

　　买好船票，已近七时，就向北到七星岩。肇庆的街道还干净相，天亦清阴，不觉太热，走得满心愉快。星湖的面积不小，装一座肇庆城富富有余。我沿东侧的湖中路走，有骑车人，但无跑步、打太极拳的。两旁古槐，刚刚长出芽叶。肇庆比梧州节气晚，柳叶半长，榆叶梅初吐，还是春浓时分。梧州街上一排排开粉红花的树，此间则有开着四瓣白花的树，都很好看，但都叫不出树名。想北京这时也是春天，颐和园的玉兰开得正好吧。

　　广州至此船票才二元，但要航行近十个小时。到此间玩的，多是广州人，或港澳人，反正也分不出，都携着带镁光灯长镜头的照相机。广东人骨头支楞着，个个身瘦如柴。都很爱讲话，用一种生番的声调，问我几点钟，说是geidiezongla，好容易才弄得懂。绝不能相信大唐人用这样的调子说话。

　　岩前小湖，中有五亭，选西侧一亭荫处长石上躺下。四五日来未得好睡；须臾睡去，却被一阵霹雳惊起。原来天已浓阴，或许雷雨将至。惊了好梦。这一天正长，还不知如何打发呢。说肇庆山似桂林、水似杭州，这话不假。但刚从桂林来，看这七座石山，也就不觉得怎么奇。转转去吧。

4月8日　10:15　星湖西湖心亭

出了亭子，看看卖端砚和折扇的，既不习用羊毫代耕，也没有晴雯在侧，于是砚和扇都没买，只瞎看看。登石室峰，同独秀峰相似。下山，沿南路西向，一路看看石壁上的古文，到了七星岩，就入洞去。才一百多米，景物亦少，布置也差，讲解员说了一席，只听懂"通天洞"三字。其中有一只石龟，倒很形象。人们用硬币投龟头，击中就可发财。我知道自己绝无财运，就未投。方欲出洞，却突来大雨如注。若大一个洞天，被一块巨石、一株横斜的老树遮蔽，千万重雨帘挂在外边。那雨声轰响如千军万马奔腾，细听又似一片清宁；那千万重雨光中一株老树，树身上却簇簇青葱；那巨石，被雨打得欢欣发亮；这一切，忽然感人至深。却就是感受罢了，无能形诸文字。要之，总都伴着少年的震颤，似乎只有那些强烈跳动的心灵，能同此感。不知若失去了少年的感动，人心还能怎样跳动。

"梭伦，梭伦，你们希腊人都是些孩子啊！"[①] 一位埃及法老对这位希腊伟人说。希腊人是些孩子，看看他们多喜欢玩，多喜欢游戏；看看他们对新鲜的阳光感觉得多新鲜，对存在本身何等惊异！希腊人因生存而充溢着欢欣感激之情。他们当然不是对生存的苦难麻木不仁。痛苦该压来就压来，无分智愚。差别只在于身板够不够硬

[①] 依迪丝·汉密尔顿:《希腊精神：西方文明的源泉》，葛海滨译，华夏出版社，2019年，第15页。——编者

朗，挺住痛苦，由于承担痛苦而把痛苦转变为生命力的一个源泉，还是让痛苦压得哼哼唧唧。现代文人通过议论痛苦来训练深刻，可是就像"伤痕文学"这个用语表明的，痛苦一经议论，就只剩一道痕迹。痛苦依其本性就不是议论的对象。希腊人从来没有这种自怨自艾的情绪，他们没有内心的痛苦，只有灾难能带来痛苦。希腊人的内心充满生命的快乐，所以他们对灾难特别敏感。希腊悲剧没有丝毫浪漫主义的气息，离开当代的伪乐观主义当然就更远了。

未待雨住，便冲出来。游客都躲避了，就独自在雨中乱走。时不可兮骤得，聊逍遥兮容与。半小时暴雨，就把大气洗刷一新，好不快活。只见云烟也在山间乱走。

绕山转了一圈，登天柱阁。这是七峰中最高的。凭栏远望，南有西江，北有大山，白云如练，正系在山腰。那山也是十分美好的，只不过今日不能去攀登。

云淡了，但仍未晴。

　　中天日出，好一片湖光！

　　感谢这番暴雨，令肇庆之游难忘。

阁上人多了，得下山去。

13∶20　天柱阁

希腊人爱游戏，并不因为他们天然生活富裕。寒冷的冬天，贫瘠的山丘，凶险的航道，是希腊人面对的生存条件。希腊人并没有等着争到富裕后才开始游戏，他们赛跑，雕刻，在市场中辩论哲学，同时把游戏的精神带入与自然的搏斗。这些天真的大孩子充满了生的欢欣，对生存的惊异，于是他们一步踏入了自然的中心，在心灵活动的几乎一切领域,给我们留下不朽的美和智慧。

老成持重的人们枉用机心。由于流失了对生命的巨大热情,除了琐琐碎碎的老谋深算,他们为我们留下了什么?

在中国思想的少年时代,我们有过庄子。可惜后人每以佛学解之,特特看重消极遁世,少见其天真烂漫,游戏人生。庄周的出世,不是心力衰竭的逃避,而是心从所适的畅达;无行地也,非绝迹焉。

下天柱岩,寻饭馆,只有一元一盘的青菜,吃两碗面,绕阆风玉屏一周,又登上来。吹着风休息良久。刚才一番雨,洗净郁积,这一番千里而来快哉之风又吹散疲乏。

朋友,请原谅这颗心狂荡日增,
它与大自然结成更神圣的同盟。

15:45　马鞍亭

先登了石室峰、天柱峰,此后登玉屏岩、阆风岩,就把"七星"中主要的四颗登览了。北风浩荡,凌风眺望神京,青山隔断,渺渺不可见。这二峰上成景之处多些,却无游人。于是独坐良久。实在有不少值得挖掘,值得体味,值得埋藏。这是怎样一种心境呢?没有对尘世幸福的渴望,只有对尘世幸福的欣赏;乐人之乐,而自己仍然抱定献身于某项事业的决心;易初变道君子所鄙,虽然年华流逝,几无所成,许多蠢动已经平息,而这种深心的冲动却依然饱满。这万里之游,吃住最差的,欣赏最美的,孕育最高的。

有些景点(讲解员术语也),走过倒也平平,但若择良辰来携良朋,或待月,或迎日,或观雨,或弄晴,必然都好。本欲坐到晚上,但独自坐得久了伤神,便下山来。未坐车,仍沿湖中堤路走。游丝横路，湖风送凉，时而透出一道斜阳，湖面上耀起金红。堤路无人，就由我躺倒喊上两声。独处久了，诚是有点儿疯癫了。人的岁月太短，还容不到好生享受它，已把最好的日子打发尽了。末次南游，还可说是个孩子，现在却到了而立之年。即使天假以年，下次来走，岂非华发苍颜？再发癫狂，更遭世人笑话了。

入市，理发，镜中一张直愣愣的面孔。理罢，更像广东生番了。

候船大厅空空荡荡，就在那里擦了身。服务员来，告我不得在此宿夜，我答无钱住店，那女服务员同情，一个老头坚持不可，不想再费口舌，提了提包出来，沿江滨路东行。沿江是一串码头，高墙围着；并无梧州那样的江滨公园容人栖息。

一人提着行李在街上乱走，悠悠苍天，此何人哉——活脱一个流浪汉。星湖太远，懒得去。无奈，又回11号码头，徘徊一阵。这时精力饱满，感觉良好，断不肯蜷进一个破旅店。想起1970年南游，那时更穷，宿过西湖畔、火车站、泰山顶，却从未住过一次店。（泰山那时只用一元，现在怕要贵了。）那时玩得何其痛快。今何不然哉？虽无当时之人在侧，仍有当时的情趣在，想及此，愈发得意，存了提包走到市中。在西区饭店要了一客饭，一壶茶。虽不知此夜如何得过，终可混到十点饭馆打烊。

一味写，不闻身周喧闹之声。此刻倒想把它录下来给你们听听。广东人嘴从不闲着，不是说，就是吃。两广好像从来不读书思考似的，可当时又怎么冒出来康梁这样的大文豪呢？

我走到哪，写到哪儿，哀南夷之莫吾知兮，还以为我是 Pickwick[①]

[①] Pickwick，查尔斯·狄更斯的长篇小说《匹克威克外传》中的主人公匹克威克。——编者

一类的坐探呢，投来警惕的目光。

20：40　西区饭店

在熙攘中读了两课，走出来。十字路口警台上躺着一个乞丐。兄一定记得我们1966年在保定也曾在这种所在度夜，那是冬天，比这难熬呢。有几家夜市晚场还未散。一路又走到星湖。堤首还有两三双恋人，纵深处便无人迹了。暗渡萤火，浅唱蛙声，和着唧唧虫鸣，枯老的榆叶遇风，也簌簌响。有鱼儿跳水，砉然而动。湖面上，倒映一行堤树，点缀三二灯光。头顶四五颗星，时隐时现，有时就亮在湖面上。多美好的夜晚。人们都怎么啦？干吗不出来走走？生命，我们有的是，挥霍一点吧，都攒着生利息吗？愿意所有的人，熟识的和陌生的，都怀着温柔的充实的谅解的心情到这春夜中来巡游。

直走到近七星岩处，拐上一道白天没走过的断堤，再望望夜色中的石室天柱，才折回来。流萤落在身上，为我照路。何蒙古鲁士的构思，恐怕也在此种幽游之际发生。

走回星湖牌坊，一家"可口"茶馆还开着，因其中坐几个粗人，就懒得进去了。如此度过一天，已很满意，管他下几个小时如何过。昨夜只睡了两三个钟头，此时精神却愈觉昂扬，只恨有蚊子，否则就街灯下读英文，有何不好？

午夜　肇庆街头

已到广州。一到就拆读兄的来信，从中了解到你和朋友们的近况，都是一路上反复惦念着的。兄对自己的文字未免过谦，对我的文字则未免过誉。我总相信,写字和为人一样,不可制定出一种标准的风格。有人重错综玄深,有人喜巧思奇构,有人取款款交心的方式。至于我自己,则力求远避烂漫芜杂,做到质直准确干净。

匆匆添这几笔,好马上发出。

9日　又及

第 12 封

4月9～11日　广州中山大学/白云山

父母亲大人:

坐下来就招蚊子,只好像个幽灵似的荡来荡去。肇庆这地方,夜里不少人荡,还有女的。一个丈夫教夫人学骑车,光着身子追着车子跑。所以我这样夜游不太显眼。要不是脚板疼,就这样逛一夜也是种乐趣。同少年朋友就常这样在北京逛。

初,晚上倒比白天闷热。一点半,才凉些,可穿长衣,蚊子也不太猖狂,可以在街灯下读 Essential English 了,愈读愈觉得不可能掌握地道的英语。

小贩们起灶,准备迎接四点半上岸的旅客了。

4月9日　3:35　候船室前街灯下

一夜没合眼,倒也过来了。七点船开。船小些,又没有船舷,甲板上也不允许站人。好在我的四等铺101正有个小窗子。

肇庆而东,已是冲积平原,地势平缓,水网纵横。一路恼人春雨。船舱里打起来,语言不通,劝架也难。睡了一觉,近十一点抵河口,下了船,吃饭。广东人好像都发了财,无论多土的,都抽过滤嘴,点一元一盘的菜。

在河口坐506到了广州。路过佛山时雷雨正酣,犹豫了一下,没下车。早知不停佛山,原该坐汽车或乘船到广州,那么昨夜或今晨就到了。

到广州也是豪雨,好容易才找到舅舅家。1967年来的,早不记得怎么走了。一身上下都是水,连忙更衣沐浴,晚饭后亲戚们闲聊。舅妈很周到,给我单独安排了一间屋子,这时就躺在蚊帐里给你们写字呢。遵父旨,会在广州好好休整一下。不过,钱不要寄,我需要的话会去电报电话要的。我自己也说不准什么时候到哪里。老大不小的了,拿爹娘的钱闲遛达算咋回事?昆明的姑姑叔叔和广州的舅舅都要给我钱,自然没收。我还完全是老农民那一套,别人的钱花着不舒服。再说,穷玩实有穷玩的乐趣,只听说有"穷欢乐"没听说过"富欢乐"的。我还恐怕这是最后一次穷玩了呢。以后和老爸老妈一起到全国逛时再体会宽裕的旅游吧。

23:45　广州东山江岭东街

狠睡了一觉,起身已十时后,吃了几个包子,就骑车出门来。发了信,沿珠江走走,注意看,才知广州青年并不都是港式的。到洲头嘴码头买了13日到汕头的船票,逢单日有船;到海口的船天天有,票也略难买些。

在细雨中来到中山大学,由西南角门进去,直到东北区。这校园似乎比北大还大些,至少更清静些(17个系只有5000学生),种许多南方植物,挺好个所在。找到30楼乙,才两点,怕扰午睡,就又出来散步半小时,登门,罗克汀先生却刚走掉,授课去了。夫人说普通话,很健谈。她很崇拜夫君,讲了许多罗先生的事给我听,说罗先生少年时就在哲学界崭露头角,年纪轻轻就评为三级教授,1957年以后至今却一直受压(如今当然好一点),但仍然积极工作。又说到广东的学术气氛很差,省里和中大的领导都左,而且1979级以后的学生多只打小日子算盘,罕有关心文化和政治的。人多小聪明,认定从事文化政治只吃亏不占便宜,所以政治风潮难达此间。此外她还谈了一些文坛上的掌故。转了京广线以西的半个中国,明白了为什么北京叫"政治文化中心",为什么人说作学术要留在北大。在那里的时候觉得样样都差,出来才知道还有更差的,且差得远。北京青年有时流于虚骄空洞,但相比之下似乎不那么"真俗气"!

又等了一刻,罗先生仍未归,遂先辞去。

晚饭后看电视。现在不干扰香港电视广播,不过仍不许进口"鱼骨天线",所以收像不够清楚。节目尽是武打片,都说白话不说普通话,只是"开开眼",并不感兴趣。广州百分之八十人家有电视,都在设法弄或制大天线呢。又聊聊深圳特区等等。

10日 23:30 东山江岭东街

今天上午,独自乘旅游车到白云山。本来就打算一人游逛,不愿无端麻烦表兄等陪我。舅妈热情,为我准备了面包、茶水和橙子,带到山上吃。

车到山顶，看看并无什么奇特之处，虽号称天南第一峰。有一点像昆明西山却无滇池可以凭眺。阴间多云。游人较多。广东男女本来长得像，再加多数长发，着花衣，颇难分辨性别，只有少数穿着裙子，肯定是女郎吧。白云山是广州北郊的"大型风景"，再远一点，广州人就到佛山西樵山或肇庆或惠州去。到处都开旅游专线，车辆拥塞的情况远比北京严重，汽车走在市区只略快于步行，远比单车慢。

　　双溪别墅是一处园林旅馆，园子不大，修饰齐整，然而花一角钱进去，却到处只见"严禁入内"的牌子。晃晃悠悠沿柏油路下山，倒清静，游客都不知哪里去了。过了白雪松涛，转罢松涛别院，下到山底。

　　明珠楼一座破楼台，1930年才建，还说"建筑别致"哩！

　　路过红花岗，就进来了。有好多红领巾来扫墓。多云，盼晴，可太阳一露面就烤人。

11日　15:30　广州起义烈士陵园

第 13 封

4月13～14日　汕头看海

阿晖：

　　13日下午一点，汽笛长鸣数声，红卫15号起锚开航。这是一个晴天，同时海风吹来消却暑意。立在前甲板上。一旦行进起来，立刻心旷神怡！

昨天一早六点，就由舅舅领着出去吃早餐，这是为了让我领略广州人的风俗之一。果然，已经太晚了。广州人情愿星期天早上不睡懒觉，宁肯五点钟跑出来吃早点，消磨三四个小时。尽管连大饭店都敞开大厅接待顾客，仍然处处座无虚席。最后我们只好在一个快餐部坐下，各要了两种粥，合要了十种点心。都是直接到柜台上拿，最后看碟子算账，所以很方便。点心有烧麦、叉烧包子、春卷、蛋挞、蛋卷、米糕等等，一顿早餐花了三元（并未都吃尽，还带出来几样）。广州的生活费高，私卖猪肝、瘦肉将及三元，蔬菜虽多，都是两三角一斤的。

广东人因得政策倾斜之便，已经比内地和北方富裕了不少。但他们的现状反而让我开始怀疑夫子先富起来再教以礼乐的圣训了。也许我想得更多的是希腊的游戏精神而不是夫子的礼乐。游戏精神似乎和贫富没多大关系。希腊人若不是在比波斯人贫穷许多的时候就已经富有游戏精神，后来在繁荣昌盛的时代恐怕也不会把游戏精神推向顶峰。塔克吐（笔者插队所在的公社，属内蒙突泉）时代，咱们一文不名，照样玩得畅快淋漓。不在玩得花样有多高级，甚至不在能拿出多少时间来玩。咱们的穷朋友们固然没什么"高级娱乐"，而且习于用功从事，玩乐的时间并不多。全在山山水水，情情意意，专心致志，心意饱满。全在游戏精神。脑满肠肥，玩麻将，玩高档手表，玩女人，就算玩得天昏地暗，也玩不出一线游戏的清朗。

上午，一个人先跑到动物园。Panda确实懒，四脚朝天啃竹子，一点德文也不肯教（我们当时称刘建为Panda，即熊猫。当时农大请我代课教德文。这在还在当学生的,算是不错的差事;因出游,转请刘建,他却十分不乐意接)。在笼顶上逗熊猴,服务员开动隐蔽的龙头,着了半身水。湿漉漉地到黄花岗转了一圈,不过旧地重游而已。

午饭之后,大雨,坐着聊聊,小睡片刻。到中大罗先生家遇锁,只好转回来。我原以为广州人是不读书的,广州只卖吃的穿的,今天却见一个书店,进去看,多是中学生在买书。

晚上,深圳一个当教员的熟人来,带回几本《争鸣》等,读到深夜。其中颇多国内消息,还有谚云:北京人敢说,四川人敢吃,上海人敢穿,广州人敢跑(港澳)。广州青年不打桥牌,只打麻将,这有点扫兴。但最不让我喜欢的,是另外两点。一是讲话大大咧咧的,好像很豁达无所谓的样子,心眼却十分精明。再就是他们对待北佬的态度了。在肇庆时,人们很客气,虽然常服侍"港澳同胞",但对我这种打听"哪种最便宜"的北方土佬也不投以白眼。广州人比较不客气,老广州更不耐烦听普通话,甚至明明听懂了,也装作不懂。不知外省人在北京,与我在广州的感受可有些相似。羊城晚报上登一篇文章,批评广东人之愚蠢的自负,把外省人叫"外江佬",对待起来很不客气,还时加嘲弄。越没文化就越自负,越易歧视他人,这简直是一条普遍真理了。

今天一早起来就往中大去。上班人挤,等了三班轮渡,到彼处已八时余。又等一时,罗先生才回。罗先生果然是个做学问的,所论有条不紊,知识也渊博,原应长谈,但前两次均未谋面,这一次只谈了一个多小时就不得不起身告辞。

赶回东山吃午饭,然后舅舅送到洲头嘴码头。离开船时间也不远了。

　　红卫15号比前年在渤海坐的船要大些，甲板和餐厅都宽阔些，且船不满员，所以舒服些。不过我大半时间都将消磨在甲板上和餐厅里。这间餐厅左右临甲板，宽宽裕裕地摆着22张餐桌，却只有一桌下棋，一桌读书的，而我就在临窗的一张桌子上写此信。

　　在广州养息了四天，手上的伤口愈合了，身上的疙瘩消退了。不过，乍到广州难免出一点小毛病（广州人有很多种饮食是为祛湿热的），诸如有点儿喉痛、咳嗽、低烧和流涕，即感冒综合征。据说还算比较适应的。反正现在当轮船开向大海的时候，我已经重感浑身自在了，精力充沛地迎接下一半的旅行。

　　你一人在家，肯定会遇到不少困难。但最要紧的还是保持健康，发了病就一定不要去上班。另不知同令尊、阿萱相处得还愉快否？万里之隔，爱莫能助，只有遥祝你尽力自己把生活承担起来。我这里一切都好。不准备买便宜货了，我太笨。等确定了下一步旅行路线，会马上给你发明信片，把下次通信的地址给你。

　　等下就可以出去看海了，先读读英文什么的吧。

4月13日　14:45　红卫15号餐厅

　　江面开阔，两岸泊着各种船。船上较空，用水方便，又有风，所以挺干净的。甲板上更没什么人，舒服极了。此时不爱和生人交谈，宁愿呆呆凝望平静的海水。

　　驶出虎门后，两岸逐渐后退，海水愈来愈清，船舶也渐稀少。不久，云漫上来，拦住了斜阳。

　　夜色来临，风大了，起了波浪，船也颠簸起来。海面好像在船的两侧翘起来,白色的浪花抖动在浑黑的水面上。头顶,朦胧淡月云来去。不知为什么,总觉像1979年的大连之行。有什么特别值得回味的呢?——夜。航行。

　　一直在想你,大海。想起第一次——只身一人——见到你的时候,想起和于洋几个最亲近的友人一同在北戴河海滨,想起和你和申萱在渤海上的夜航。那久已消遁的,又呈现原形。Heidegger说,人生存在未来中。这种人恐怕太坚强了。那么,沉湎于往事的心灵,诚是些柔弱的心灵!像1968年1969年,情窦初开,学着刚强,其实是个孩子。这段惆怅不去,就永远是个孩子。都讲外柔内刚,是见了柔的弱处,不提柔的强韧。性格要刚,却何必要刚硬的内心?心柔,就又体贴到那无际绵延的爱和烦。人还活着,总还对世界有所留恋,世界却一无所谓,所以怀抱对世界之爱就总有一种失恋的感受。在那种饱满的伤感中也不是没有欢欣,那种隐秘的对生之欣喜,为能爱而欣喜。而那就是生本身了,那一切欢欣与烦恼的泉源。贴近这生的本身,我们就爱又何妨,可笑又何妨,哭又何妨呢!

17:45　海上

　　从近八点起,香港就在视野中了。连亘十余里,笼罩在一片光雾之中,不少人跑出来看。离最近的灯光只有数里,水性好的人不难泅过去。也许为此,总有一两个警察在甲板上走动。

　　黑夜中,唯借别的船舶的灯光,才看得清海面。看远处的船也很有意思。看它在大浪中跌仰,才更生动地体会到大海的不平静。我们的船迎风,风大极了,从侧舷走到船首相当吃力。可惜晚饭前甲板上了一层新油漆，现在油漆未干，禁止入内。电影散场后，所有人都回舱了。独自站在甲板上，像无休地荡秋千似的，感受着大海的脉搏，一种别致的快感。不过站得久了，也有点儿 sea-sick[①]，便下舱来。

21：40

和衣在铺位上睡了一夜。不少人呕吐。

早上上甲板，风浪有增无减。船首下跌时，不时激起三四丈高的大浪，浪花逆船扑来，甲板上水汪汪的。浪头迎风敞开时颇为壮观。一时，太阳从云缝中露出，耀起一道白光。船被一个翡翠色的大圆环圈着。无止的喧响，无际的清新。

看着浪，看着浪滑下去，相撞，激起，打散，随风飘去。

从广州到汕头，左舷断断续续总还能看到陆地。怕感冒发大，未敢始终立在甲板上。途中有个歹徒出言不逊，当时感冒，嗓子完全哑着，一言不还，真所谓吃了哑巴亏。

汕头港内外，千帆并举，那些三角帆有如巨大的白天鹅鼓翼，煞是好看。原应11点到，因风浪，晚了将近三个小时。下船走到百货公司，上3路车，在车上站了半个小时才开。6分钱票，没钱找，给我两块奶糖。到汽车站，买到厦门，297公里。

花一元钱，在站旁的杏花旅店落脚。客栈银柜里也不备零钱，却满装奶糖。红卫15号上无蚊，真个幸福。此间蚊子却在青天化日下翻飞。嘉明准得说：好好的家里不睡，跑到汕头去花钱喂蚊

---

① sea-sick，晕船。——编者

子！好在南方旅馆，一年四季备蚊帐的。

　　听说潮阳有一个风景区，不如肇庆，就没去。在市里不辨东南西北地转了两个多小时。汕头虽同深圳、珠海同为广东特区，城市也不小，但一眼看去，只觉又土又脏。走私的多，名不虚传：从车站到旅店百步之遥，就被拦住三次，你不理，他拉住你："不买也得看看吧！"走私的倒讲半口普通话，而本地潮汕话连广州人也听不懂。没有嘉明讨价还价的本事，还是摇头走掉为上计。市面挺大，货色尤多，在这里真可说只要有钱什么都可以买到了。两寸的鲜虾1.70元，四寸的2.60元。其他东西贵得要命，香烟多一两元一盒，炒菜多卖两三元一盘，工资收入者绝不敢问津。不知汕头人而无外汇怎么过活。鱼丸面最贱的三角一碗，吃了两碗。道路亦甚拥挤，只有人民广场上空些。不过街面总处处差不多：街口设有各种骗人的小把戏，电影院前挤着一堆人争着上当。阴天，不太热。

　　回旅社，两个社办厂的采购，讲得一口蹩脚的普通话，对我讲了许多潮汕地区的情况，说分田到户使广东富起来了，且作警句云："物价高的地方总是好地方。"

　　昨夜曾于海上得一梦，一路所见的有名的无名的花开在一处，绚烂缤纷，穿行其间，痴醉迷狂。汕头一下船，刚走出码头，一只蟑螂飞落在后脖子上。不知都是什么征兆。

14日　20:45　旅店大厅

第 14 封

4月15～16日　云霄→漳浦→漳州→厦门→　福州→鼓浪屿

嘉曜并呈老爸老妈：

　　请潮阳的伙伴早上唤我，他们实在，不到5点就把我叫起来。6:10发车。

　　车在澄海和东陇都站下，放上十几个站票乘客。座上乘客愤怒起来，怨司机为拿奖金，任意停车，违章超载，司机则争辩说他不停车，这些旅客就不能直接到福建，一时间车厢里充满了敌意和骂人话。

　　到云霄边界，工商行政检查处的人上车来进行了一次松懈的检查，是针对汕头走私活动的。10点前后在云霄县城用午餐。

　　然后汽车翻越一座山，其时正值蒙蒙细雨，山屏烟嶂中有怪石飞瀑，景色不在白云山以下。车大抵在平地上开，左手有些山。柏油路面。所以虽比阳朔——梧州远，用的时间却少。若不是几次非常规的停车（过漳浦后因前面撞车堵了一阵，有几处则因山石塌方造成困难），七个小时就能走完全程。后来就很少停车了，路过漳州，看上去这座城市还挺干净像样的。

　　厦门本是一个岛，用两段大堤（堤上铁轨公路并行）与大陆相连，左右都是海光，颇为壮丽。岛不小，从高崎到厦门还开了10公里。

　　14:30到厦门，查好班次以后，就按父亲大人的指示到思明区人民医院找王大夫。她带我出来一家家旅馆跑，一路上告诉我，她将让我住在她家,如果不是稍微远了一点儿;她将让我住上最好的鹭江宾馆,如果不是床位占满了的话;她将请我吃饭,如果她不那么忙;她将让儿子带我游览,如果不是第二天他有英文课;她将给我很大帮助,如果不是……我的收益是——如果不算这些如果的话:消磨掉两小时,终于被领到思明区教师进修学校招待所租了一张一夜两块五的床位。除了贵,这店舍还有一个优点:如果你白天不出门,可以同隔壁的小学生一同琅琅诵读雷锋叔叔的故事。这位像小说典型人物一样精明强干的女性知识分子赠给我最后几个如果以后,扬长而去。

赶回车站买票,至福州302公里,7.60元,比火车便宜,也省时。然后按积习瞎走。谁知这番一路走到郊区去,又下着雨。正走得无趣,一道闪电,雨如盆倾。我自走我的路,反正前面也在下雨。行人都撑起伞来乱跑,只有一个小姑娘像我一样没带伞,也像我一样满不在乎地晃来晃去。终于走到一个屋檐底下,早已落汤鸡也似。

雨弱之后,找到一种汽车返回市区,天已黑了。吃了点东西。厦门的饮食便宜些,人们也客气有礼。可恨的是阴或雨,月来只在昆明见过几个像样的晴天。

同舍是福州鼓楼第一中心小学的教员,来此听课学习。相貌还好,只是闹伤风,让人提心吊胆。

我的健康状况和兴致系数都很正常,可望再很好地过一个月,很希望在杭州能见到亲爱的妈妈。囊中尚余百二十元,也许到上海还需接济。

4月15日 20:00 招待所101室昏灯下

一早起来就很高兴，因为天气正在转晴，连忙坐车到厦大，直入南普陀。殿台修得相当雄伟，殿前进来的多是海外侨胞。这天气顿时令我忆起蜀国仙山之游，好生亲切；两广人好像连信佛的都没有，只信钱。

闽省之山，常有巨石浮放在山上，为它省罕见。早想找一座登临，如今看时，南普陀是最典型的了，全山似用巨石搭成，自然形成不少石窟险道。从前的和尚专拣好山好水居住。拾阶而上，但见岩隙晨烟，云边丽日，美不胜收。行了一程，石阶中断，虽然还记得七星岩下山时的决心，但如此名山好山，岂有不登之理？那些巨石，都是石英岩的，无凹凸可以援手足，然而山不甚陡，总有迂回的途径。

将及山顶，四下的景物便了然了，西面鼓浪屿一目尽收，日光岩也在眼底了。南面一道宽阔的海湾，对岸数峰缥缈，恰似蓬瀛；东面隐约是大海；西北是厦门市，可见两端的长堤。山顶一带比较平缓，树木丛生，倒遮断了一半视线。山后是一片山庄，四周都是小山峰，形状很像黑山扈登山所见。

西面峰顶，一块四方巨石矗落，有几个人高，立其上四眺必佳，遂曲折行来。绕石数匝，四壁如削，无计可施。侧面有一三角巨石，相隔半米，借以攀上丈余，还是攀不到顶上，感叹而止。

现在该干什么呢？或把这些小山峰一一登攀？

16日 9：55 那大方石的石阴下

寂静的午日，寂静的鸟鸣，寂静的岩壁，寂静的林阴，寂静的山风。钻到阴凉的石壁之间，掬一捧清泉解渴，泉水就从巨大的石面上的细槽流下去。谁同来体会一下这光天化日下的孔静幽默呢？此境此心，你必喜欢。绕行在巨大的龙舌兰之间，仰首瞻望恬淡的纤云。山深日高，便又教人忆起去夏同小张（笔者在北京的邻居）的大觉寺之游和独登鹫峰的中午。一样的天淡云闲，一样的情扬志逸；而眼下的一片海光，更平添豪兴。走了一个月，往日所读的书淡忘了，倒是那些登山临水的事总浮在眼前，这就是所谓"生活的金树长青"吧。

逶迤向东攀去，一方小湖，数点人家，花树菜蔬，无不雅致。若无大事业可成就，躬耕南普陀亦足矣——

树林，幽深的岩洞，浪花的泡沫，

哪里有蔚蓝的天空，他就喜欢，

他就在那个地方盘桓。

要登东西山峰观海，却被大兵和军犬拦住。我这次云游，也只携带着"上帝之爱"，所以赐这样一个绝妙的天气来游这样一个绝妙的所在。南普陀是此行最胜景色之一。淡蓝的海面多宁静多轻柔，仿佛可以躺在上面午梦。直愿镇日逍遥在这海边的山上。唯一的遗憾是在山中走了四个小时，未得一处可观宽广的海面。（兵说东面山上也不行，那里又被金门岛隔住了。）

沿一条路下山，正好走进厦大，校园宽阔、整齐、美丽，无其他校园可比。各种树木都挂小牌标名，这我顶喜欢，比读过一部植物志还更多学得草木之名。福建省的路标门牌也比别省得清楚。

走过校园，横过一条小马路，离海已咫尺，却被一道围墙隔着，找一个角门过墙，绕过一座楼，眼前正是一片沙滩。其时太阳临空照着,水天一色,两片透明的蔚蓝。听着海涛的寂寞喧响,就是那种最令人迷醉的片刻了。爱大海啊,爱它那不息的运动,无尽的纯朴,爱它那高贵的色调和博大的疆域。躺在岸边同倚在船舷,感受又不相同。尤其此时,海上海边更无一人,似乎大海要把它那原始的雍容展现给我。没带游泳裤,不敢赤身下水,只是赤足蹈浪,已经使我又重尝当年北戴河的乐趣了。厦门要有个熟人,在这里多住几天才好。要是分配到厦大,午浴碧涛,暮登普陀,该是何等自在呢!

穿过一个大采石场(山上也有不少采石场)和一个技校造船厂,坐车返回招待所,退了房间。两个女招待又漂亮又亲切,怪让人舍不得的。那个小伙也挺好,原本12点后算两天的,他也不追究。厦门人总是和气可亲的。

坐车到汽车站把提包打发掉。一天没吃东西,返回轮渡吃四两面。今晚就在火车站或其他什么地方打发吧,反正此时腹中充实,只背着一个书包,格外无牵无挂的样子。

渡到鼓浪屿来。鼓浪屿原是多国的租界,估计面积相当于昆明湖。岛上一式两三米宽的柏油路,错综相通,路上没有任何车辆,道路两旁洋房别墅毗连,也不见商店饭馆。人们大概都到彼岸上班去了,所以格外清静,像一座大花园。偏被一个闲荡的大兵拦住盘问几句,可气。

又来到海边了,又听着那大自然的节奏了。背后是一块巨大的岩石,纵放在大山里也可观,更何况平海兀立。岩石后面是斜阳,它的光辉就普照在眼前这块无垠的绿宝石上,照耀着三五归帆。普陀山顶,透出半轮淡淡的月影。

朋友们，我该如何消受这个神妙的傍晚呢？

17：00　鼓浪屿望海港

在一处幽静的沙滩漫步，回头看一片园林，几座漂亮的别墅，进去讨口水喝，却被一个兵一个干部抓住，好生盘问，原来不偏不倚，正闯到首长的疗养区来。盘问已罢，倒还客气，请我喝水，然后"护送"我出去。倒要谢谢首长，得一片安静沙滩玩了一回。待走到老百姓沙滩，虽不挤，毕竟游人较多。

登日光岩（郑成功练兵发号处）。三五块巨石，就搭起数十米的小山，平地拔起，实属罕见，也有气魄。顶上在修，一木门把铁梯隔断。同一个本地小伙（后来还有两个杭州小伙）从铁梯侧面爬上去。此时正值夕阳西坠，一团火红，西面一串远山，也都披上金橙的夕霞。天光海映日晖月映绿叶丛中红墙黄壁，一阵北风吹来，光风摇动；登临远眺，真可谓江山一时如画，甚至那两个杭州人都自叹其家乡之弗如。老爸年轻时，可曾常来登览？这次所到之处，不少是老爸年轻时住过的，老爸若还有机会故国重游，是时小儿一定乐效马前之劳。

暮色渐浓，华灯初上。这岛就像一艘大船，就叫它鼓浪屿号豪华游艇吧。现在，鼓浪屿号的豪华灯光正照在海中。一人踽踽下山，看一轮明月，忽而浮在巨石上，忽而掠过黑松间，久不见如此好月，这时更难舍难分。

厦门一日游到此结束，如何度夜的问题摆到眼前。先到一兵营去看露天电影，想借此消磨一两个钟头，却是《巴山夜雨》，不耐看。此时月色正好，便重又走到老百姓沙滩，来"听海浪打着寂寞的节拍"（朋友吴小祁的诗句）。一渔民叫我离去，说"否则解放军要找你麻烦"。话音未落，早有三个大兵荷枪实弹从三面（另一面是海）将我团团围住。查看了学生证，紧张气氛才缓和下来，甚至还表达了对北大研究生的敬佩。一番问答，才知天一黑就不能靠近岸边的；何况，兵说，"晚上也没什么看头"。三次被兵拦阻，好生晦气；本地居民一年四季不得晚上到海边散步，岂不更窝囊？看来厦门虽美，亦非居留之地。

穿岛而行。小街道上，旁无店铺，但有人行，而无车辆，看去确实新颖。龙头街集中着几种店铺，看了一番，便到轮渡。换车往火车站，没抱多大希望，想来检查亦严。

谁知根本不消检查。最后一班火车晚八点半已发出，最早一班则于早上五点多才到，服务员正在掩窗熄灯关闭候车室。只好沿街往回走，一面琢磨办法一面东张西望。街灯都很暗，难以一夜坐读；倒发现几个"黑洞"，但蜷缩一夜，终非所愿。到汽车站，坐在一块石头上寻思。已近十点，这一日走得精疲力竭了，自我妥协，在汽车站正对面一家招待所要了一个铺位。肇庆地方，一夜都有人走；此间"刷夜"，却怕又招人盘问。这夜本有好熬处，晴天（漫上一层薄云），蚊子不多。

且乏且饥，懒得洗漱，马上就睡。

22：50

第 15 封

4月17～19日　泉州→福州西湖/戚公祠/乌龙江大桥/涌泉寺

嘉明：

　　已到福州。家樾（嘉明的姻亲）把你的信转给我了。小弟笔拙，不过沾了一点峨眉山漓江的风光，哪儿比得了老兄天生那挥洒自如的风采？不过你还是少弄笔墨多练练桥牌吧，可别再在三阶上开叫你那破六张套了。回京恐怕已经错过了您那"暮春的傍晚"了，不过在夏天的傍晚，一样可以将天南海北的事，把酒重论，与兄分享山川之乐。兄必问：何谓山川之乐？山川亦可食欤？得罪得罪！

　　闲话休多，赶紧补我的游记要紧。

　　招待所的被子像刚从水里捞出来，只得和衣睡。近午夜，街上静下来，四时余，复热闹，真后悔昨夜意志不坚定，住了招待所。

　　六点后发车，在集美、马巷两处停车，把车上装满了人。近九点过泉州（出厦门105公里），城市不如它的名字那么漂亮，也没看见塔。过惠安后，在土岭（出泉州50公里）吃午饭，11点继续开车。风晴日暖，山水都显得可爱；看节气略晚于厦门以南，正在割麦插秧（汕—厦线上这两桩农事刚完），地势更平坦，路面更好，人烟更密集，村镇相连，好像始终在市郊行车似的，所以车开得不快，下午三点才到福州（入福州时遇到一起撞死了人的车祸）。把汽车站班次弄清，8路换4路，汽车很稀，近四点半才来到城门中学。家樾带我回家，挺近；见过伯父伯母等人，吃点心，同家樾闲聊，洗澡，晚上设宴招待我，饮家酿的米酒，质淡香浓，就着海米、蟹块、小蛤、鱼丸，漫谈福州农村的生活，很是一幅农家乐的景象。廖志高不敢分田，去年换上项南，派工作组强令分田（地方干部抵制），农民甚是高兴，如今生活得的确不坏，再加城郊的种种便利，多有年收入数千的。农民说起分田到户，同当年说分田分地似的。福州一带农舍就很讲究，多有二三层小楼，堪做上等的别墅，最讲究的要花万元一座。这附近农村都显得整齐美丽。林家不算能干，刚好能把日子像样打发过去。此外还谈到本省历史风俗和所出的名人，说福州特产大文化人，如林则徐，林纾，严复。当今数学怪杰陈景润就是这个公社的。又说到闽南人抱团儿，福州人自私，各自为政。但这一家，显然都很厚道，一句虚头巴脑的话也讲不来。极力留我住上一周，说不去别的地方就是了。我答应多留一天，再长恐怕不行。福建人看上去有点土，语音尤其隔膜，但似乎智商高，心地纯朴。

　　酒后，又同家橄及其兄小叙，然后散了，站在中厅望去，又见南国乡间的皓月轻云，这月光是洒在芭蕉龙眼上的，自有一番"异乡情调"。林家房屋甚多，我无端享受农家东道主的盛情，占住了家橄的一间大屋。

4月17日　22：25　鳌峰三落排村林舍

　　林家的老房子是清朝一个王姓人家的，从房舍的宏大精巧还可以看出南方财主的阔气和文化，听说王家最兴旺的时候，房舍相连，不必露天就把全村走一遍。福建物产丰富，据说唯逊于台湾。南方有些药材、水产之类只限在方圆几十里内，那才叫特产呢。还参观了一所旧舍，是林传光（嘉明的岳父）设计的，解放后借为区委，后办成小学。

  此间的所见所闻，很多都是从前不知道的，给人印象很深。我虽在少年时候就到过全国的大多数省份，但真正了解的，不过北京和塔克吐。看来南方农村同东北农村是完全不同的概念。突泉农民多是近百年之内从各地移民来的，再经过后三四十年的改造，实已经看不到什么传统。这里的村镇往往有几百上千年的历史，虽经剧烈的改造，仍随处可见其特色的文化。茶叶有特色，喝茶的方式也有讲究。人们知道本地的名人，对他们的家世和成就如数家珍，以他们为自豪。我们生长在大城市的人，见多识广，但这也是说，我们有太多可以追求的，太少可以守护的。坐在乡土人中间，一阵一阵压不住地为自己这层先天不足遗憾。

  大妹妹把衣服洗了。上午同家樾进城，在汽车站（12公里外）买了到福鼎的票。家樾一再拦阻，但确不能耽留太久。

  到西湖，比北海小，且无白塔，把边边角角都走了一遍，也才一个多小时。在味中味午餐，喝了一气，登上山。先上定光白塔，七层，45米（原来高200尺），可把福州尽收眼底。福州城市不小，街道宽直，显得比其他城市宽阔，不那么拥挤。福州人穿戴得朴素，或曰土，这些都像北京。上午天气晴阴不定，一晴起来很热；下午转晴，海风吹来，倒凉爽。

  到戚公祠转了一遭。正展览明户部尚书马森之夫人的"古尸"。看图片，才知福州颇多古迹，最早的上溯到东汉。不过，古迹虽古迹，不觉得很形胜。回村前，在自由市场转，农产品极丰，水产为尤。每斤黄鳝一元二角，三四寸的青虾二元二角，毛笋二角。家樾选了几样较贵重的，一种蟹一元五角（普通种类只卖五角）。听说前几天中央已把此种蟹的产地圈归中央直属，省里也不得乱捕；一种螺，七角五分。

到家约四点，吃过点心，又往东南10里到乌龙江大桥，稍驻，再行近10里到祥谦陵园。一座小山，修着极宽极齐整的石阶，半腰一座很排场的"二七烈士纪念馆"，馆两侧仍是石阶，直到顶上一座林祥谦的大石墓。陵园西向，面对乌龙江、五虎山和一派夕阳；江风吹来，满山的树飒飒而动，便起一种肃穆的气氛。无一游人；我问家樾谁想到在这偏僻去处，平白无故修这样一座讲究的陵园。他答道，从前，此地常有各单位来进行传统教育，这几年人或挣钱去了，或游玩去了，陵园所以冷落。

由于给了新政策，or better，由于少给了好多坏政策，广东福建沿海一带脱贫的速度真是很快。中国人实在穷得太久了，这个民族原配得上一种更像样的生活。把这么勤劳肯干的民族弄得这么穷，可见只要有了坚强的领导，什么人间奇迹都创造得出来。我粗粗一想，世界上好像只有欧洲文化和儒家文化以发奋图强为要旨，结果也只有这两批民族几千年来一直昌盛不衰。可惜近代以来，中国人一直运气很糟，尤其是和西方碰撞的时机不对，如果欧洲人是在康熙时候侵犯中国，中西之间必能保持相当的平衡；民族自尊心不垮掉，再加上康熙的通达大度，多半会对西方的种种兼容并蓄。邓公个子小，心怀倒大，这样向外界开放，没有内在的自信是办不到的。唯对自己的长处有踏实的信心，才能多多看到别人的长处，择其善者而从之。一味看别人短处的，不消说，必是小家子气里闷出来的。自信的根据何在？自然是相信几千年泱泱大国培育起来的大家气度并没有消尽。的确，一百多年来中国越来越破败，但求强求昌盛的努力一浪一浪从未平息。上帝惠此中国，汔可小康。

归途又停在乌龙江大桥上。东是马尾新港，隐约见几艘大船，港外便是海了；两边水面尤开阔，连着沙洲有几里宽，平铺到天边，一轮斜阳之下，颇见气势。却也未太久驻，何必"总把那辉赫的光景直看到黯淡时分"！

晚上，姑姑来，是个独身妇女，教师，挺有派头，乱扯了一气。又饮村醪，就着蟹、螺、竹笋，吃了一两个小时，散了。

18日　21：40　圆月中天

1点钟还满庭月色，4点钟就下起雨来，6点起身，7点出发。家樾骑车带我到渡口，云暗风疾，波浪滚滚，好似70年在焦山的光景。摆渡鼓满风帆，箭一般驰来；雨甚大，停渡，等了一个钟头。待摆到对岸，弃舟步行，到鼓山大廨，已十时。一条公路；一条石阶，宽七八尺；擎着小花伞，拾阶而上，风雨如晦，并无游人。左下一道岩坡，直到半山，雨水就从这岩坡流下。行到半山，入云雾中。到涌泉寺，坐车上来的游人不少。寺修建得挺宏伟。鼓山高925米，涌泉寺只在480米处，听说登到顶峰就可以俯观东海和马祖列岛。但山顶驻着部队，此时云气又重，遂不得生极顶之念。

可登到松亭，看脚下的云层，时有断裂，希望正在转晴，上到山顶就可以远望。按捺不住，遂留下家樾，独自上山。初有山径，不久漫灭。看看山不陡，就攀树登岩而上。谁知攀了一阵，岩壁益陡益滑，草木益深益密。待欲作罢，已无归路。只好硬着头皮攀去，竟比登星岩更为痛苦，有时竟像猴子也似在树顶上爬行，树上的积水把浑身打湿，手被蒺藜划破，再时不时从树上跌下来，磕伤之处不计其数。如此挣扎了一个小时，终于到了山脊，草木稀疏，豁然开朗。回首南台岛，为闽江所围绕，岛外五虎山，气势甚雄。山脊有路直至顶峰。山顶有很多营房和军事设施，我置身在雷达群中，但并无兵员走动，所以顺利地来到山顶东侧。脚下是一个硕大的雷达，身后是一座不知要干什么用的半成品大建筑。东海上覆盖着云海，风力甚猛，云浪乘风扑来，其势恰如海浪之汹汹，一浪扑来，白昼昏黑，初夏冰冷。狂风在背后建筑中发出种种怪音，一时毛骨悚然。立了一刻，不见云开，但见雾重，气氛寒冷萧森，又恐家樾久候，就下山来。不辨十步以外，不敢另寻途径，就沿大路下山。偌多建筑，偌大道路，容我独自摇摇晃晃来走，倒也十分得意。走了40分钟，见到岗哨，也未怎样盘查，就放我下山了。

　　回到涌泉寺。家樾果然等得急了。但仍看了喝水岩、龙头泉、石门、水云亭、大罗汉台诸处，摩崖题刻所在多有朱熹、李纲等手迹，甚为精彩。三时余一路小跑下山。用过点心以后步至渡口，越闽江，返城门。回首鼓山，遗憾未能趁昨日天晴来登，今天的云海阴风虽有格外警动之处，毕竟未得俯览东海。

　　晚上，复饮酒、食虾蟹。在这里，花二三十元，能办得丰富多彩的酒席。到底还有几样新鲜未来得及尝。林家仍苦留，自己也有心多住几日，但也只能指望今后了。处了两三日，真个亲人一般；他们要我们的相片，林怡（嘉明的妻子）一家近照，要我多多问候家中，要你一定暑假前来；让我拿了一柄伞、一包茶叶、一包点心，说路远不能给父母给你带什么，实在抱歉。

19日　22:35　林舍

第 16 封

4月20～22日　福安交溪→福鼎灵溪→南雁荡/会文书院→北雁荡

刘建：

凌晨三点四十，伯母（嘉明的妻子的父亲的弟弟的妻子）已经准备了早餐，把各种虾蟹笋再尝一遍，行李收好，作最后的告辞。二老和大哥送到路口，在大芭蕉树下分手。小雨零星，无雨不成行似的。家樾骑车带我到汽车站，在福州两天余，他是寸步不离的，这番也就分手了。

调度误差，五点三刻发车。一出福州向东北就盘旋上山，三刻钟后，翻过六七百米的山梁，车便越到山那边了。不久，沿岱江东折。在罗源小停。此后都沿海滨开，地势比较平缓。近正午至福安午饭。福安前后，交溪始终在车左。同岱江一样，谷深水清，风景绮丽。看着车窗外的景色想，真正的旅行应是履行，用自己的两脚来走；走马观花已差得远，乘车又差一层；坐飞机飞来飞去就不用提了。

十二点半开出福安，入了万山圈子里面，人烟稀少。天放晴了，山光明丽，座座都像未尝修整题刻的雁荡山。从小乘车就不转睛看窗外的风景，许多佳丽景象，望望就闪过去了，留下的印象，却像目的地的名胜一样悠长。虽晴，四山仍时悬飞瀑。这里还是春深时候，气温宜人，各色山花交映，麦子尚未黄熟，山虽遍绿，草树尚未浓密。想北京此时,也已小径红稀芳郊绿遍了吧。

福安前是柏油路,而后路面也不错。但多山行,五十步一转,一山百转。司机年轻,车开得好疯,320公里,四点前就到了福鼎。福鼎像柘荣一样,坐落在小盆地中,不过稍大些。下车先打听如何往水头,买了到灵溪的票,35公里,究竟如何走还不清楚。

随一妇女到她家住店;二楼木板地上铺四张席子,只有油灯,一夜四角,只要没虫子,倒住得,无非睡一觉。若没有别的客人,一人住单间,就更好了。

上街,还热闹,各色店铺齐全,尤多牙医铺子。贴着老红军温德奎昨日逝世的讣告,各铺子都在制花圈、写挽联。福鼎一中散学,小人儿们打扮得比北京中学生考究,挺自命不凡的模样。一角米饭,一角豆腐汤,一角炒笋。闽北穷些,对穷游客正好。

晚上虽然相当凉,蚊子却不少。到国营旅社去问,说只剩不带蚊帐的铺位,六角。转回来同女房东闲谈,她丈夫是司机,今天到福安修车去了,这半间楼也是租的,年租100元。上楼无事,坐在平台上,把从福州带来的两只蟹细细嚼了,又闲转一圈,已到睡觉的时候。

在广州就收到了你的来信。很高兴你喜欢读我的信。说游记,却大不敢当。真知旅行的人,行人所未至,见人所不睹。因有些地方是你们这个那个不曾来过的,所以不管多寻常的去处,都记上几笔。在京读了一段书,走到外面来,换一种环境继续思考;脚下走着,心里想着,都是闲暇,思绪往往更生动绵长,表达出来也比读书笔记讲究些,信里或有一二新奇的议论,庶几遮掩游历的平凡。要说写游记,恐怕只有徐霞客那样的人才配得上。

西天又漫上云来，渐渐掩了天空。老天赐我个晴天登南雁荡才好。

4月20日　20:15　福鼎孤馆

躺下以后，先是蚊子来了，遂以衣蒙面；然后店家的儿子来了；隔壁房间赌钱，争闹不休；然后又来了不知几个什么人，大吵大闹；然后来了一种什么蚊子，围腰乱咬；然后安静下来，已近午夜。今晨四时，同室就坐起来，唱歌，抽水烟，闹了一个多钟头，走了，我也就起身。这就是出门一日难的那些难处。

6:10（晚了35分）发车，从山地到平地，人烟稠密。一小时后到了灵溪。有经验的同座教我先坐船到麻步，所以此刻我坐在小河旁的一条小船里待发。也可从敖江转车到水头，据说更不方便。反正只要到麻步，走也走到雁荡了。这里离山只有几十里，但人们仍对该山知之不详。

21日　7:50　天阴凉，把出北京的全部行头装备上了

8:40，船发。初，河面只两丈来宽，竹拱荫蔽，后来水面宽了，倒无趣。船上几个花儿似的浙江村姑，让人百看不厌。向几个青年问路，他们相貌、声音和举止也令人倾倒。船常停，人们跳上跳下，10:30到麻布。麻步车站很小，倒碰巧赶上汽车（从敖江来的车一两小时一班），13公里，颠颠就到了水头。连忙奔向售票处，到温州的票却已经售罄。找车站长，让我明晨再去试试站票。到水头旅店放下行李，吃一碗饭，择路西行（也有拖拉机送客，但要凑够人才开）。此间人对游客很冷淡，对南雁荡也知之不详。一点后至一渡

口,渡过去,听说不对,复蹈水回来。沿大路走到下一渡口,渡到山下,已两点。一路都没遇到来游南雁荡的人,进到山来,倒也有几座小殿台及题刻,有几个本地游人摇签烧香,兜卖香蜡果食摄影的倒比游人还多,让人招架不住。过了几处亭台,来到高处,便不见一人了,才得喘息。南雁荡固有些怪石异洞,但非十分出奇。四顾雁荡群山,同从福州来的一路上亦无殊异处。方才天衣无缝的云层此时裂开几条缝,但始终未见晴朗。虽然山不在高,但这两座名峰,比邻峰矮了一头,毕竟有点儿扫兴。俯看雁溪,倒青碧可爱。

15:13　西洞山

锦屏峰下仰首,气势亦凝重。若非月余登览了许多奇峰,想来会为南雁荡赞叹一声。然而,山不深,仙气终归薄些。虽只剩百十米,也未登上去。

下了西洞山,过碧溪渡,寻上东洞来。这里是朱熹"以文会友"的会文书院,如今在此设了一座小学。会文书院的洞岩构造十分奇特——可惜朱夫子觅得这样一个好所在读书,书虽然读得多而精,却未参透山川的灵气,把生动充实的孔孟之道腌制成了宋代理学。

从彼处再登到近峰顶的观音祠,祠修在一个大石窟里,正对西洞,若与西洞顶峰相平,窟边再无路可达峰顶了。

16:41　东洞山观音洞,独坐在窟顶三尊菩萨前,烛火摇曳,法香弥漫

离开南雁荡的时候,游人和向游人叫卖的人尽散了,山间只剩下道士道婆和齐腰高的大毛笋。出渡口,赶了80分钟路回到水头,

回首东洞山背影,迷在暮霭之中,觉得南雁荡还是可爱的。

喝过水,出去逛街吃饭,小镇的人们打扮得比京都人漂亮,理发馆顾客络绎。回屋,与同舍的公安战士小朱闲聊,好久未交陌生朋友,聊得挺愉快。他介绍了浙江犯罪、走私和贫富等情况,介绍了公检法的相互关系。他谈得坦率,他父亲原是山东人,南下到此,任平阳县委组织部部长,现因"四人帮"问题离休。

有蚊子,可蒙面睡,但愿没臭虫跳蚤一类,昨夜被咬得星罗棋布,此时仍痒不可支(不是乐不可支,不是那种让人发笑的痒)。

能否即时离开水头,要看明晨的运气如何了。

22:34 水头旅店 212

好睡了一觉,6点由朱唤醒,他待我甚好,请我吃早饭,还送我一包茶叶。一同到汽车站,站长已允售票,恰又有一人退票,遂办妥了。7点半发车。都是平路(侧面时有山),然车和路面都很糟,10点过后才过飞龙摆渡,江面很宽,同南京长江仿佛。过江以后,换成柏油路,80分钟89公里,到温州南站。乘1路换2路到东站,打听到一天两班往北雁荡,12:00的车已赶不上,只好买明晨6:50的。不敢怠慢,在售票口等,直到两点半买到了票,83公里。6个上海纺织局的退休老人,挺谈得来。另有个上海青年,托我买票,同时掏出一支烟来,接过票,自己点着烟,扭身走了。

沿江旅社,对前面一位客人说只有五角的通铺,却给我开了一张八角的,还挤眉弄眼说是照顾我,不要声张。领进房间,铺位不洁,一伙恶俗的姑娘在屋里打扑克,连忙存放了行李出来。沿瓯江的路也是又脏又乱。转到街上,买半斤素汤粉吃了。此时出了太阳，热起来。又胡走了一阵，到中山公园对面的小山坐下，风摇翠树，倒还写意。

此间的姑娘，不少很漂亮。大踏说温州等地有妓女，的确有些女人打扮得像，但认不真。常有人向我兜售手表、卖全国粮票、征购银元。沿海地方，日子过得满活跃的。

22日　15:36　温州华盖山

第 17 封

4月23～25日　温州北雁荡由浅入深

嘉曜：

到温州的外地人多，温州人对外地人也很和气，而且很多会讲普通话。可是连温州人自己也说，此地盗匪成群，无法管制；夜有二三百妓女游荡街头，20元一夜，外加晚饭夜宵一类。

在华盖山同一个扬州皮革厂小伙聊了一阵，向江心公园去，本想晚些才得清宁，谁知人家四点半就闭园下班，已把最后一伙游客渡过这边岸上来。望江兴叹，看看江心岛，像酸葡萄，似乎没什么妙处。

回旅社读了一课英文。一个山东房客已住了几天，告此间无臭虫，却有跳蚤虱子。这怎生得了？

床临窗，窗下就是瓯江。若非跳蚤吓人，这夜本是愉快的。到江边走，看晚霞，看轮船上的灯火，看星星。晚上相当凉了，恐怕很难在外度夜。把最好的阳光和心情消磨在温州而不是在大山之中，怪亏的。但在温州只耽搁一天还算不赖呢。朱曾讲，浙江人现都跑买卖，流动全国。港口卖船票处就队似长龙。

这旅馆就几间破屋子，可还挺挤，女人们住在里面一间，穿着内衣拎着毛巾漱口缸在你面前大摇大摆走过去。听同室一个残疾军人一个杭州消防器材厂的办事员热火朝天大讲自己碰上的偷窃啊什么的。出门接触的人同在北京时大不相同。在家里，只同愿意往来的人往来，在外面，碰到谁算谁。而且，由于始终要省钱，始终同下层人民相处在一起。回想起来，我们之所以不习惯同某些人群相处，主要是由于"教养"不同；这些教养大部分并没有什么内在价值，却分割了人群，还让一些人沾沾自得呢。一路上，的确有些人不很令人愉快，然而，绝大多数人心眼儿好，坦率大方，乐于助人；昨天下午见路上一位青年接济一个陌生穷汉，表情惶恐得让人起敬。同舍一个采购员给我沏上一碗绿茶，这是我第一次品出上好新茶叶的奇香，他看我喜欢，立刻把一大包茶叶都给了我。

又到江边散步。

旅舍喧闹，且怕跳蚤，坐着读英文过了午夜。躺下去，果有跳蚤，幸不甚多，对我身上的群星只是锦上添花，所以仍睡着了一会儿。四时余，人们起床，睡不下去了，也起身。无论如何，心情很愉快。一轮红日从江面上升起了，天空和江面的光泽清新喜人；这样一个好天气奔赴雁荡群山，怎不让人兴致勃勃！

23日　6:00　温州沿江旅馆

7点摆渡瓯江，江面很宽；7:40车从对岸始发。我坐在前排右窗边，本来好看风景，但一个农妇晕车，把位子让出来，一直站到雁荡。不过沿途似乎也没什么特别的景致，多走平路，虽非柏油路，但路面尚好。10:15 到雁荡站。下车，先在雁荡山招待所安顿，然后在附近打听各种情况，买了一张很好的游览图。这时好云好日，急欲游山，但必须先把车票安排停当。

到售票时间去看时，才知早上已售尽 26 日的。思忖下一步的行程，委实犹豫了一阵。想来想去，宁波、舟山一线太费周折，若在白溪或温岭买不到汽车票，就更苦了。向北走一程算一程呢？太不可靠。最后决定，与其在中转站耗费时间精神，不如在雁荡多住两日，直接赴杭州。只恐明晨买票又出什么问题。

今天正好赶上雁荡飞渡队表演，遂走七八里到灵岩，上耸数百仞，淡日悬之。一个人在岩顶放绳子，另一个借此绳从岩顶沿直壁降落下来。接下来，从展旗峰也爬上一个人来，两根绳子对接，再由山上的人拉直，绳长近 200 米，离地面也近 200 米。一个人从天柱峰沿绳向展旗峰爬，爬得很快，每过十几米就表演一个节目：吸烟，点鞭炮，翻筋斗，以及看不清楚的什么名堂。最精彩的是用脊柱躺在绳上，四肢张开。弄不清他是怎么练就这本事的。仰观的有几百人，有坐专车来的贵人，有本地山民；节目持续了一个钟头，在一片喝彩声中结束。

从灵岩寺向西，到小龙湫，飞瀑甚美，只是游人甚伙。找一个最佳角度，躺在巨石上仰望，三面峭壁，把天空圈成狭窄的矩形；中间一壁顶端冲出一股悬瀑，被风一吹，散出一层雨幕，在瀑前成圆柱状，旋转而落，轻缓有致。游人照过相走了，便到瀑底石潭边，水至清，却仍有鱼虾。虾极小，鱼有四足，长数寸，贴在石苔上，一动不动。于是卷起裤腿下潭，水还是深了点，把裤子浸湿到腿根。

刚一伸手，呆鱼却灵活地游走了。

折回灵岩寺再东向到天窗洞，此洞构造殊为奇特。退回再经觉性庵到莲花洞，此洞还不如东洞山的观音洞，但在400米高处，可观览邻山峥嵘。才四点，山中已无行人，唯有行云矣。独自行山的乐趣是无穷的。就沿山路东行，过二仙谈诗，四觅不见二仙，倒有孤仙飘然吟诗而过。落雨，又撑起小粉伞。沿净名坑侧，观赏着十景之一铁城障，降到山底。过沟复折回水帘洞、梅花椿，遇一个新疆建筑公司职工，他原欲一人进山，走了几步又胆怯而退，这时就拉着我同行。谈了几句，他是个怪人，酷爱名山胜水，也是个Naturkind［自然之子］，到过很多地方，说武夷山是最好的（在福州也听如是说）。一个有工作羁绊的人，如此云游四海，惹起结识的愿望，只是他身上汗酸漾溢，让人近不得身。

在烈士墓转了一圈，到下折瀑，登中折瀑。在观瀑亭上望去，一道细水从山隙中落下，未见奇特。正待转到瀑底，忽然叫一声绝。这是一个大石窟，形似一条天缝，溪流就从椎顶悬落椎底中心，飞流百米，中心一个大池，二三十米直径。二人皆道，水小自有水小的佳处，而这个石窟，却是哪里也见不到的。壁上刻着雁山第一胜景，非诳语也。

新疆人累了，我决定再登上折瀑一观。天色已暗，暮雨幽深，瀑虽无可观，但在深山暮色中，自有佳趣。不久，新疆人同了一对上海青年也登上来。归途中，又独入中折瀑，天已黑了，却仿佛能见蒙蒙水色，至少分明听得到穴中明丽水声，自然之音，大珠小珠落玉盘也形容不尽。欲去又止，欲去又止。若引良朋，设美酒，纵坐他一宵也不会倦的。

同上海情侣沿大路回来，挺好的人。四角钱吃了一大碗面，擦洗一番。三个乐清师范的烂漫孩子及两个同样烂漫的售货小姑娘来厮混了一阵。烂漫固烂漫，但孩子太小，不得深谈。回宿舍。同舍两个温岭建筑小工也很烂漫，这里的孩子生得真嫩。

　　北雁南归，在此地据荡结庐而宿，雁荡因得名焉。今天在浅处走了一遭，已觉雁荡神奇。都说秋游雁荡最好，彼时水旺，泉瀑盛大。

22:52　雁荡招待所

　　昨天两个小工人对我讲话直到午夜，从政治到结婚，主要是讲他们的生活，广我见闻。

　　今晨不到四点，邻舍的小学生便吵吵嚷嚷（昨夜也十点多才睡呢），宿舍挺干净，所以四个小时的睡眠已使精力得到恢复。浙江的蚊子还不多，而且同跳蚤臭虫相比，蚊子显得文明多了。

　　说五点半售票，等到六点半才买上。我排第一，买到的却是13号。但买到票心就放下了。我还不是闯荡的性格，在在都要先落实前路。旅途中遇到的，或是度蜜月的，或是近处人来郊游的，见我的模样，已觉得村野。但也有一两个，身无所系，漂泊四海，相形之下，我也还是个规矩的旅游者了。

　　吃了早点，打点停当，再找一家乡亲议好了存放行李，就准备出发了。此时阴转多云，时而飞出阳光来。一个上海冶金学生说来找我同行，至此时不到，我得先走了。

24日　7:45　雁荡招待所

冶金专科的胡渭来了，遂花一元存了行李，一同走。陪他经下折到中折，踏石到瀑底仰望，白云间一缕瀑布飞来，上端被日光照得晶莹，真疑银河九天而落。经将军抱印再登上去，转过一坡，才知昨夜所见非上折瀑也。这个真上折瀑，同中瀑仿佛，而更为宏大，为一绝胜之处，唯其山深，游人罕至耳。穴中大潭，因渗水快，故无多积水，石中水洼里，也有小虾蝾螈，十分好捉，也有六七寸长的，惜无灶火烹来下酒。

再前往开元洞之类，皆平平。随山万转，诸峰异中有同、同中有异。从水帘洞转到大路，已11时余。在灵岩路口打尖，和胡渭分手，他一人往灵岩去了。

在雁荡山，多半要由一条大路走，看两侧山峰。时而一条侧路通向风景区，复退回来，或环游一周，退到差不多原来的地方，如此一处一处走，甚费时，且多数景致都在四五百米上，一处处爬上去也太累。所以在下灵岩上灵岩均未再往北转，而从上灵岩登南山，去看飞瀑寺。此处的气候，我全无能预测；云在天上行走，忽而暗淡，落下几滴雨来，以为就要转阴雨天，忽然云开日烈，晒个贼死，真想脱光了钻进哪条小溪。幸此山不愁口干，未远必有清泉。

好容易登到山脊，却无什么景色。唯一的好处就是深山独自。越过山脊，一带石墙，便是飞瀑寺，亦无可观，外面像个大古堡，里面却乱七八糟，被人占住，飞泉石亭亦残破。从山背后降到云昙寺，下面还有能仁寺，燕尾瀑几处。这雁荡山的寺庙亭台，真是全世界最糟糕的了。

沿大锦溪直到大龙湫，路面平缓。待入谷纵深，山路一回，便见雁山胜景龙湫了。一面石壁高百九十米，围成一段圆弧，稍稍前倾，拦住去路。弧中心稍向后折，龙湫便从天而落。水势不小，被风一吹，忽如白纱缓展，忽如银蛇攒动，忽落潭心，其声清脆，忽落磐面，其声簌簌。倚巨石躺倒仰观，絮状白云在蓝天飘过，整壁欲倾，其势汹汹；绕到瀑后，则见一幕水帘，外透云天。如此景色，亦为他山之所罕见也。瀑东南向，若上午来，日光直射，想来又有另一番景象。今天没时间了，否则还要设法绕到石壁顶上去，看看是何模样。

16:10　大龙湫

在龙湫时，复同胡渭会合，从此开始了我们的 adventure①。

离开龙湫已逾四点半，从龙湫谷退出，翻山到飞来罗汉，西行，夕阳正在群山乱云之间。以急行军的速度到凌云，买了点心，加速奔向西石梁，终究赶在天黑前到达了。先上西石梁洞，看了一下，赶下来到瀑布。西石梁瀑布是雁荡第三长的，150米，瀑布先跌入一潭，再跌入下潭。路远，无游人至此，只有三个附近住户的孩子跟上来，告我们可以爬到中潭去。孩子灵活得像猴子，我们却费了好大气力才攀上去。看时，果然甚好。天暮，孩子去了，深山之中，唯瀑布之轰鸣。胡要下潭，我说可以；潭仅三米直径，却深不可测底，用闪光灯为他拍了两张潭中照。天正在迅速暗下来。他穿衣，我试着从第一块巨石爬下去，石滚圆，脚下什么都蹬不到，下不去，又上不来，如壁虎般四肢胸腹贴紧壁面，终于支持不住，胡援救不着，看着我往下滑。上帝保佑，脚正落在一个积水洼中。初，胡以

---

① adventure，冒险活动，奇遇。——编者

为我已滑入瀑布中被冲下去了,待我助他攀下,两人大有死里逃生的惊喜,握手庆幸。但此时天迅速黑下来,很快什么都看不见了。我们高兴得太早了一点儿,还有一面石壁。我先向下,觅不到攀缘处;胡横攀,也只觅得一稍凹处,唤我过去,刚够两人并排坐下。此时四下漆黑,两人束手无策,唯上下瀑布,轰然而鸣。正商量怎么办,又下起雨来,石壁登时涂了润滑油,二人还来不及改变坐姿,就向下溜起来。我连忙翻过身来,重新紧贴在石壁上,先一动不敢动,后来拿出吃奶的力气一点点移动,最后几难支持,幸胡已立稳,得以援手,移到一洼水里。该处刚够二人直立,却多少可以避雨。上下两侧的石壁现在都比冰还滑,此夜已无计脱险。我们疏忽,不但没带电筒,连书包也留在下潭边。两人互相勉励,说幸无伤死,好歹可以站到天明。但立在斜壁上,颇要用几分脚力,不久就腿累脚酸;才过了半个小时,胡就以为到了九点。两人算计,不知能不能这样熬到天亮。幸雨停,胡蹲下用双手把水洼中的水、草、泥都掏出去,以便能轮流坐在洼里。

瀑底冷气袭人,而我这时只穿了一件短袖,胡脱了一件衣服给我。在洼中坐下吃点心。这时我最希望的是有一支烟。在这上不着天下不着地的壁间立一夜是可能的,但也确是个功夫。我讲起 *Readers' Digest*[①] 里有个人在瑞士冰缝下久立得救的故事。两人同意:立一夜虽苦,毕竟安全;若妄动而跌入瀑布,滚下十几米嶙峋巨石,即使不粉身碎骨,也难免骨裂身残。

这时,却在黑暗中闪出一道手电光来,接着是第二道。简直是

---

① *Readers' Digest*,《读者文摘》,美国杂志。——编者

无底黑暗中的希望之星。想必方才几个孩子还惦记着我们。我曾很好意地待他们，此刻就得报答！连忙划亮火柴，胡打亮了闪光灯。

现在亮起了五支电筒。我们立在中潭，他们在瀑底，互相喊了一阵。他们退回去了。我们等待着。过了一阵，两道电光一闪一闪，两个山民开始向上攀登。我大声阻止他们。可他们攀得十分伶俐，且可借手电的光亮。在最后一道石壁前，他们被阻住了。幸好这时我们已能听清对方的语音，话不通，靠着"这里""那边"共商脱险之方。最后我们择定一条"道路"。在手电光和山民臂力的协助下，我们终于从那面石壁降下来。

瀑布附近只此一户人家。从没见过比这更穷困的人家，除了树枝搭成的床，四下里看，看不到茅屋里有什么东西。借着惨淡的油灯，大大小小黑乎乎十一口人围观我们二人。主人沏上茶来，装在裂口的大碗里。用不同的语言，而更多靠手势和眼神交流着思想。惊魂未定，这深山之中还能到哪里去？但无论主人怎样善良侠义，和他们十几个人挤在气味刺鼻的通铺上度夜是不可思议的。我决定动身，夜登主峰。行囊将罄，拿出五元来酬谢义民。穷至于斯，山民仍固辞不受。如此古风并不多见，因为山里人多数待人固然不坏，但也相当图钱。扔下了钱出来，主人追上，给了我们两条棍子。（后来证明它们十分有用。）

这时，云退天晴，繁星满天，我不禁大喜，登山之意更坚。按来时认好的一条山路进山。初，入谷甚深，四周黝暗；山路终于向上了，又渐渐迎来繁星赠予的天光。不幸的是，后面亮起四支电筒，尾随而上。本来我们很累，拟缓缓上山，这时怕被电筒追上（可能是查山的），就拼命赶路。上了大概300米高，一阵狂吠，两犬前后逼来。刚好右手有一间茅舍，忙避进去。主人告说这里是个村子。村民都被惊起，听说我们连夜登山，大为惊诧，苦劝留宿。可我们一不做，二不休，决心继续下去。

出村上行，终于只剩下一座荒无人迹的大山，倒觉轻松些。缓缓登一程，就坐下来歇息一会儿。不料山间云雨须臾万变，大团的黑云从西北扑来，不久就把群星大半掩蔽。曾登好几座大山，皆未得赏山间月色，这是最后一个机会，看来又要落空；若下起雨来，两条大汉，一顶小花伞，又如何是好？于是又加快速度，以期寻到石窟一类。雁荡山中，石窟比比皆是，偏此主峰由一面大漫坡构成，并无什么石窟岩嶂。既过半山，山岚大作，不闻松涛，唯闻阴风呼号如冬日而已。好歹找到一面齐人高的斜坡，坐下准备度夜。胡大干了一番，把它变成了一个东向的背风洼。缩在里面，正对着一片黑云，边上闪耀，知是月出了。胡渭热心摄影，不畏风寒，僵手僵脚支起了三脚架。盼啊盼啊，云终于裂开一条缝，把我们为之辛苦登山的半轮残月吐将出来，二人不禁大喜狂呼。月下面一点灯光闪烁，分明是一艘归航的渔船：东海也在眼底啦！那一种神奇的景色，似酬答了我们的许多辛苦。残月却难得露一下，露一下。我们怀着希望，背风缩挤成一团，互相描绘着由于月光和狂风而瞬息万变的云彩，不消十分钟，就把平生所见描述怪山怪石姿态的语词用尽了；怪山怪石长在，人皆可得而赏之；而此怪云，不过由我二人欣赏片刻罢了。

风只顾扑来，云只顾涌来，整个天空重被遮蔽了。气温愈来愈低，希望愈来愈小。中夜一点半，胡觉得难以忍受了，于是我们放弃了苦心经营的小巢穴，继续上升。山风漫过山顶，迎头扑下，我们几乎贴着地皮前行；风中带雨，幸不甚密。又冷又饥又渴又困又乏，心里又怕雨会大起来。找到一个两指深的浅潭，胡喝了一口，尽是泥沙，只好吐了。将及山顶，却有些怪石，有些可以避风，便停下小歇，但未久，又寒不可当。这时最难当的是冷；存行李的时候我想到要度夜，宁愿背着衣服跑一天，可还是决定不必带着毛衣。这里有一片一片的松林，连捡带折，聚起一堆松枝，尽管湿淋淋的，却不难点着，呼呼作响，噼啪作响，火光暖风，让人浑身通泰。只是风大，吹得碎火四走，东南西北追着把它们踩灭。第一堆燃尽，没敢再试。

只好再走。雁湖岗高1045米，由很多起伏的乱岗组成。绕到一岗后，找到了茶场的一座大房子。怕惊动狗，小心翼翼地用火柴照明，钻将进去。找到一间小库房，蹑手蹑脚进去，把门关上，两人并排坐在一条长椅上，背靠着门。这里避风是避风，可仍然冷极了（就同那年在泰山顶上一模一样），两人相依发抖。这时三点多了，小胡终于倚在我的肩头睡着了。

四点左右，听得一阵楼板响，有人举着油灯从门前经过，进厨房去生火。在厨房忙碌了近一个小时，又回楼上去了。实在冷得难过，我叫醒胡渭，溜进厨房，并排挤在灰坑沿上坐下，脚伸到灶炕里，里面松枝熊熊燃着。

天渐渐亮了，从另一个灰坑里钻出两条小狗来，抖抖身上的灰，东嗅西嗅；浓阴，雁湖日出算吹了。楼板又响，下来两个女人，看看我们，毫不惊诧（虽然极少游人到雁湖岗上来），顾自烧早饭。

这个管茶林的林业队不到二十人，多还年轻，孤独地生活劳动在山顶上。有时也接待游客。我们买了早饭，饭几乎是生的，没吃几口，就走出来。两人在山顶乱岗上走。太阳在一丈高的地方露了一下面，天仍阴着。一天一夜，雁荡五大风景区里走了三个。可惜既未见到雁山春月，亦未得赏雁湖日出。荒山野岭，这时往哪里去呢？断续茶林，苦竹野蒿，在凄厉的风中瑟瑟；一夜未睡外加饥寒，精力尚充足，却难免一种凄凄冷冷的感觉。

25日　7:30　缓缓下雁湖岗去

第 18 封

4月28日　朝辞雁荡暮至余杭

老爸老妈：

雁湖上所能望到的东海，只是两个海湾；东面还有百岗尖，高出100米，但无路可登。经过一夜艰险，多少有点疲乏，慢慢地走，山北也无甚景物。将近山脚，连续有三潭，中潭最大，碧水之下有长条怪石，形似蛟龙，姿态飞扬。此山之竹，多黄叶，被风吹落数片，萧萧飒飒，如置身金秋，别有一番情调。

下到石费头，精力已大为恢复，遂向西三四里到散水岩，这是雁山第二大瀑布，看过，在一家小店用餐，一面谈些私事。炒了4个菜，喝了3瓶，共计6元，这是旅行中最奢侈的一次，用以庆祝脱险，恢复体力。饭后复到瀑布前坐下，观赏良久，瀑壁上好几个山洞，使散水岩别具一格。

乘汽车9里到仙人坦，找一人家安顿，睡了一个半钟头，四点起身进山,去看第四个风景区:显圣门。山谷迂阔,多有农田;沿溪良久,过一个狭长的村庄(三谷坑),再进山去,山一转,便是显圣门了。两山各高200米,相互倾倒,石门底宽30米,门顶倒只有十几米,构造既奇且雄。踏石阶进入显圣门,再转一弯,便见飞湫瀑从山凹中击石而下,跌做三折。此谷甚深邃,没有一丝风,故飞湫瀑不作一毫飘散,远看如一道银链,静止不动,唯谷中瀑声回荡,知为水落也。别无他人,便在谷中闲坐甚久。一日阴云,忽在几分钟内散开,看谷外山峰,抹上一段斜阳。忙奔出谷来,看沐浴在夕阳下的莲蕊峰,好不辉煌!

　　山中凉氛,净人心神。归路上,霞明霞暗,农人荷锄归村,水田如青天般明净。胡谈起他的农场生活。我虽未多言,心早飞回塔克吐那些凉爽的傍晚去了。天南与地北,青春与青春的逝去,都被这一段情怀联系起来。那些海阔天空的日子!那些洁净如山风的心灵!

　　归已日暮,晚餐后复散步,仰观星斗灿灿,山间夜气甚凉,十点后睡下。

　　虽洒了DDT,清晨还是被跳蚤咬了几口;不过在身上的星图上添几颗新星,无妨深睡。出门在外,像狼一样忍受饥渴寒冷,像马一样忍受疲劳困倦,唯蚊虫臭味两项,原不能惯,而今对虫咬也怕得少了。

　　早上起来,读导游手册,才知有仙人桥之奇。连忙坐拖拉机赶到大荆,但早车(6:30)已过,下午一点才有车。若赶到彼处,步行回来必已入夜,便把灵峰夜景错过。权衡之后,只好割爱。既舍弃了仙人桥仙姑洞,就很闲了。先到石门潭,数十亩水塘,水光漾漾;

水塘而下的溪面，相当宽阔平缓，可供船行。过中庄而西，遥望接客僧；过石僧，登东石梁洞；下洞，过谢公岭，就是灵峰一带了。自离龙湫至转回灵峰，两天里不曾遇一个游人。一车一车的游人，只留在灵峰一带，把那些好风好景省给了我们两人。

遍踏雁荡之后，倒不觉得灵峰特别奇异了。灵峰夜景出名，傍晚仰视，移动几步，山形就不相同，或似情侣，或似巨鹫，或似双乳。宿在山下的游客，此时都来欣赏。我们两人住的房间很宽敞，且是观景角度最好的房间，只收两块四。三天结伴，苦中取乐，十分尽兴，便把各自的哲学或秘事谈了一些，直过了午夜。

胡渭，23岁，上海冶专三年级学生，该校田径队队长，毕业待分配，准备一路游到峨眉去。算命人说：生较富贵，衣食充足，智力中高，三十而可望有成就，但终生不成大事业。我们两人都认为算得不错。他比我更肯干，更入世。他的哲学是：人都为自己打算，但应该靠能力求取享受，不应损害他人。是的，连商人也说：做买卖的首要之事就是了解你的顾客的"哲学"。一点点抽象的原则、愿望，就能把人和人联系起来，区分开来。

胡渭觉得我"太北方化"了。我身为上海人，在北京长大，多北蛮子气，总觉得同精明的上海人深交不起来。然而，一次遇险，把我和这个胡渭带到一起，在他身上发现了好多优良的品质。一个半月里，他是我结伴从游的唯一伙伴。最初由于我们都是独个学生，后来因为我们体力相近，最后因为我们都有点冒险精神。

归舍时晴澈，夜里却落一阵雨，整个26日轻阴。

朝辞雁荡暮至余杭。

27日6:10车离响铃头,时云雾四拂,青山隐隐。路途或平坦或有小山丘。在天台午饭。过嵊县后,沿曹娥江北上;至上虞而西折,这一带,已尽是宁沪杭风光了。胡渭在绍兴下车去游东湖。我当时也想买到绍兴,但恐伯父等在杭州。始终是柏油路,车行甚速,16:45,车过钱塘江大桥,已是一片晴天。杭州依旧是一座绿色的城市,车过六和塔虎跑动物园清波门湖滨,一景一物一亭一榭,都那样亲切。武林门下车等10路等了半个小时,但不烦,因为出其武林门,有美女如云:那些杭州姑娘把人看迷了;即使不美,也显得那么文气(听说浙江去年高考率第一,恐怕还不止是显得文气哩);即使打扮,也不刺眼;西湖与西子,都是淡妆浓抹总相宜。记得在雁荡山深处问路,一位把锄锄草的村姑小姐,年可十七八,婀娜流韵,却又亭亭端正,俨然当代罗敷,始信江南佳丽之地,浣纱女里真有西施。

少年宫广场就在西湖东北角,虽急欲知北京和上海的消息,却忍不住先奔湖边。那一片水光那一片霞云!这一种黄昏,就像上乘的美人,美而不艳,乐而不淫,就像至高的智慧,生动而沉稳。被人赞美了一千多年的西湖,到今天还是一样令人心醉神迷!

爱不尽杭州,也许也因为我的血缘有一部分来自杭州。昭庆寺横街其实很近,却好容易才问到。门锁着,返身回到西湖边。久待不归,饿了,一直走到市中心才有饭馆,进杭州酒家,菜肴便宜,一盘烧笋两角,一盘青菜烧肉两角。又沿湖回来。

湖边游人熙攘,却不喧嚣,这又是杭州的特色了。在西湖边坐落了两千年,杭州已同化得那么温柔。一对对美丽的情侣,各自双双,忍更思量?像十年前一样,倚在湖栏,点燃一支烟,怀着同十年前一样的心境。

4月28日　17:00　灵隐寺翠微亭追记

第 19 封

4月28日～5月2日　千古如斯的余杭

韩虹(嘉曜的夫人)、嘉曜：

　　昨晚回到昭庆寺横街已八点半。姑父是个大忙人,伏案工作；姑姑待我很亲切,拿出一份徐家的族谱给我看。给我安排了一间大屋一张大床,起居极为方便。再三让我转告父母来杭州玩,食宿条件确实极好。

　　聊天洗澡收拾。展读你们的来信,韩虹的信特别让人感动。记记所见所闻,发发感想,总是容易轻松的,虽然记录也有精彩与否之分,感想也有深刻与否之分。但这些东西总代替不了系统艰苦的思考所生产的果实。托翁的日记极深刻,但俄罗斯天命的全景却是在《战争与和平》和《安娜·卡列尼娜》里展开的。歌德的随感无比精彩,但只有他的《浮士德》才托得起近代精神的日月星辰。而且,歌德若不是写《浮士德》的那个人,我们也很难想象他道得出随感中那样有分量的见地。现在流传下来的孔夫子,似乎只有些语录,但我们别忘了这位夫子是写定《诗经》《春秋》的人,是读《易》而三绝韦编的人。他所做的,都是系统浩大的工程,非如此又怎能设想一部《论语》奠定了儒家思想的基石？翻开《论语》,哪一句不是系统思想的概括,哪一句像是浮泛的感想?反观那些感想家的随感,立刻就看出差别了,其中纵有些聪明隽永,也只适合给小报当佐料,和一个时代的基本精神追求毫无干系。——当然,也许这个时代根本没有什么基本的精神追求,那又另当别论。的确,如果一个民族的精英都热衷于发感想听感想,那恰好说明这个民族已经失去精神的基地了。

午夜后睡下。醒来已近八时,洗了衣服,吃过饭,已近午,便走出来,一走出来,就是西湖。暮春三月,江南草长,杂花生树,群莺乱飞。

没有什么地方要去。杭州是一座千古如斯的大花园,处处怡人,反倒不必特特去寻找奇峰怪洞名泉珍瀑了。且行且停,过了断桥残雪,白堤,平湖秋月,孤山,中山公园,西泠印社(多熟悉的名字!就好像咱们是去年秋天来的),西湖四岸,几步就是一景,或名胜,如今修理得更齐整了。只进到岳飞墓去看看,因为我们1970年看不见——1966年秋毁掉,1979年夏花40万重建完毕。千古兴亡销岁月,唯余浩气照青山。在变迁不定的历史中,在芸芸众生的荣枯苦乐后,终究有些磨不灭的功勋。

4月28日　23:35　杭州昭庆寺横街追记

西湖的疏浚和建设,得力于白居易和苏东坡尤甚。白堤、苏堤因以得名焉。东南形胜,在诗人们的治理下,和平昌盛,锦绣繁华。古时的太守们,出则攻城略地,治国安邦;退则花间月下,歌舞诗酒。李太白诗酒放荡,其实一生以政治为抱负,玄宗又焉知他没有治平之能?预见安史之乱,即是一证。即以玄宗本人论,既有雄才大略,又精通舞蹈音律。古今中外，其例甚蕃。曹孟德一世英雄，其诗其文，沧海日月为之动容；诸葛武侯功盖三分，前后出师表，老杜为之泪满襟。外域如伯利克里斯、恺撒、拿破仑和丘吉尔，皆武功其赫赫，文章其千古。从来优秀的民族昌盛的时代，习文从政都融为一体。而今文化同政治割裂久矣，于是二者均衰败不振。

步行到灵隐。未坐车骑车，宁愿步行，反正杭州处处花园步步林荫。先上飞来峰寻访旧踪，心竟怦怦然为之动，十一年流水，一时在心底打成旋涡。在这遗忘了的底层，在哲学所潜身的"不可理喻"的幽暗处，聚集着我们的行为、抉择和得失的根据。灵隐寺建筑恢宏，佛座庄严，香火旺盛。此地和尚接万千游客，算不得出家呢。在寺正面的翠微亭坐了一回，取道往玉泉。晚一点儿去，是因为当年和你和阿晖也是傍晚在那里游戏的。到别的地方，总愿先到未看过的所在，唯在杭州，偏爱在旧游处逗留，虽并无什么忆旧情伤的感觉。到时，却"关板儿"了，就走进植物园。上午晴天，下午渐转阴，一片湖风，仍把满目青翠摇动。浙大师生亦到此散步。考大学时曾想把浙大填做志愿，杭州风物，自有北京不及处。

沿湖走回寓所，时在湖边小坐；青枫红枫梧桐弱柳，维暮之春，水光风色气温都很宜人。

庆平夫妇及庆平之弟正等得着急，原来他们买了七点十分的《陈毅市长》，要陪我去。看那种热心，也难推辞，遂匆匆吃了饭，同姑父赶到杭州剧场。这是杭州最新最好的建筑之一，结构简单，式样大方。稍晚了一点。加片有解放军版画，不坏；西藏之行，珠峰南北，更令人神往，但愿此生有幸，到那真正的崇山峻岭游冶一番；中美跳水，摄影奇佳（中国人摄的）。正片也不错。归近十点，读杭州导游书等至午夜睡。

夜里下了一阵雨。仍旧八点起身,走五分钟路,先到外文书店看看。这是杭州唯一的外文书店,相当大。到湖滨问售票,到黄山只售 8.5 元的旅游票。坐三站到武林门,今晨五点已售毕 5 月 2 日的票。黄山是一定要去的,都说这个季节最好。返回湖滨,到柳浪闻莺,晴阴天气,和暖湖风。

柳浪闲眠之后,依旧步行,走到虎跑。有几处似乎翻修过了。当时这里格外清静雅致,而今却满是游人。角上一伙人排长队,原来是借一只人造虎照相。茶座也挤,买一块冰砖解渴。杭州的客人极多,多为上海人。自温州后上海人愈来愈多,杭州就像上海的一个大型市郊公园。我也觉得杭州不宜独游而宜结伴,反正到处都有游人,难得领略独伴山水的乐趣。不过那些游人,爬 200 米就喊苦,无足以为伴者。

出虎跑登玉皇山,这里说是可以"西湖钱塘一目通",这时日薄霭深,青丛四蔽,看不到多少景色。唯一座望湖楼位置较好,却锁着。

在杭州,笔也悠哉缓哉,说到这里,才追上实际的游览步伐。

29 日 16:26 玉皇山顶望湖楼门首

走到花港观鱼。曾宿西湖,早上醒来,观鱼的只有你们两个和我。池鱼依旧,身周却尽是些不相干的游人。

姑姑嘱我早归,以急行军速度过苏堤白堤(风作,湖波浩浩)回少年宫。用过晚饭,按建议仍到湖边散步。归来洗澡,作下一段的安排。本不愿迁延时日,又给姑姑家添麻烦。但姑姑父亲切热情，决定再宿四夜。以后每到一地，最多在亲友家逗留一日，请告父母不要再事先打招呼，因为可能根本不登门，倒多出一事来。

今早四点就爬起来，一刻钟后就在汽车站了。可是已经排满了人。谢天谢地，不都是去黄山的。五点开始售票，六点才排到。一对北京牙科医院蜜月青年托我买票，不易遇到北京人，很乐于帮助。"三张黄山。""没票了。""两张。""告诉你没票了。"我只得说："买一张吧。"于是卖给我一张票。(只卖中间二十张，两头的都留给"后门"了。)

归来早饭后，挺困，而且自昨天起，左眼发起炎来，很少闹这类毛病，偏在旅途中碰上。于是大睡了一觉。确实要在杭州把身体休整好，5月3日到17日不准备再歇下来了。准备把提包货运到上海去，一则不必背着爬黄山，二则可增加宁沪一线的机动性。

一点，晃晃荡荡地从少年宫广场出发。从未上过三潭印月，原打算乘船或划船去转转，但大概已经有些人放假了，排队的格外多，远望小岛，姹紫嫣红，密密麻麻，我既不像嘉明那般喜凑热闹，也就放弃此想。待下次乘于洋的橡皮艇去吧。

  山外青山楼外楼，西湖歌舞未尝休？
  暖风熏得游人醉，谁管杭州或汴州！

看那些游人，一双双，一行行，头油面粉，唇红齿白，西服革履或轻纱软帽，手提照相机，肩负长皮筒(盖不知其学名也)，行百步则娇喘，停一处则照相，未语先颦，欲顾犹嗔，扶肩援股，柔媚万态，真个让人羡煞！反身自顾，孑然一人，面黑肌瘦，须发横生，坐则呆如木鸡，行则疾似流星，哪像游园客，活脱潜逃犯；鞋破无袜，衣长带丝，黄背包里一书一本，衣口袋里两元三角。像样的行头,唯林家所赠小花伞一领,却不下雨,无缘撑起。真个羞与自己同行!

我还是1970年前后那种玩法,时代却进步了。不过说起来,这番已比当年舒服多了。听到"为防止乘客乘错车辆,现在开始查票",神经突处不至于大放其电流;每行数日就有一家亲友接待,不必担心他已经扫地出门;若是举目无亲的地方,看准了旅店门面比较寒碜,就敢大摇大摆踏将进去;柜台后面投来满眼狐疑,自可以掏出一个证件来表明自己不是歹徒。

富贵何所愿,云游亦足矣!逍遥自在,过了白堤苏堤,到了满觉陇石屋洞。三天来,多轻阴淡晴,稍减明媚而益增温柔。谁知道西湖妙在明媚还是妙在温柔呢?

30日 15:45 石屋洞,写了几个字,引来好多人看,其中还有几个漂亮姑娘,心里美滋滋的,从前似不记得江浙人美至如此

把石屋洞、水乐洞、烟霞洞,统统钻了一遍。桂林归来不看洞。

出了烟霞洞就甩开游客,沿1970年9月15日上午11点前后我们一同走过的那条路,从石径往九溪走。山高山低,谷深谷浅,溪明溪暗,声喧声静;天全晴了,左手一带青翠,右手一带青阴,都在和风中簌簌。没人来打搅这怡情悦性的幽游,倒愿在这幽谷中走下去,永远走不到头。

终于走到了头了,折上公路而南,亦无多少人、车;看斜阳斜展吴山翠。到江边,东向。六和塔已关了。自忖若唐朝的楼塔也关得恁早,之涣兄何可得白日依山尽之句?

同姑姑说好晚归,故格外自由自在。上钱塘江大桥看钱塘暮

色，看日没霞腾，水阔山长的景色。江水清碧，远胜于长江。华美而自然，高贵而流畅，唯 Mozart 可比。

一个好心人指点我等 4 路，另一个好心人告我末班车已过；连忙跑到 2 路站去等末班，站定了，眼巴巴望着有 4 路在桥下开过来，又扬长而去。2 路胡乱把我拉到南星桥。索性到车站里去问明了零担货运情况。再乘 3 路回市区，依旧选延安酒家进膳。节日，游人入夜不散，孤山脚下西湖畔张灯结彩。想当时上元不禁夜，热闹可知。

回家已过九点，问安后，读书写字。

23∶22　昭庆寺横街

姑父同我没什么话说，其实，我根本没见过他有什么闲话说，他总在紧张地工作。50 岁，进修学校校长，渴望摆脱行政职务，专注于化学系统函授（他已主编或合编过十几本书了）。不大笑，不习惯表现自己，生活谨慎；任我随便吃住，出返不加干涉，使我感到容易相处，又不必"瞎热乎"。

姑姑 42 岁，待人亲切热情，一见面就是亲人。世上第一温柔的女性，对我说话像对孩子，自己也像孩子。从外表就能看出病弱（胃病），上班挺忙，回家后挺累。对姑父很敬佩，事事都要请示。家务主要由姑父承担，虽然他不大能干，也不大适于干。

两人至今膝下空虚，家庭显得和平随便。两人都有病（姑父胃病，高血压），食物清淡，虽然质量不低，但于我狼一样贪婪的胃口终嫌不足。若非再三叮嘱我回来吃晚饭，我本不愿给他们再添麻烦（既然他们不娴于家务），然而实际上我只在外面吃了两三餐。除了必要的照顾以外，他们任我自由，且我独宿一室，可以晚睡晚起。

今天六点半起，帮着扎拖把钉木箕之类。走了三天，也差不多把杭州走了一遍，该为人家做点家务了。

到大福清巷去探望张光宗伯伯，讲了一番家谱，忆昔抚今。盛情留饭，但下一辈都加班去了，不便打扰二老，坚辞。

宁波汤团闻名天下，但要等30～60分钟。杭州还是以吃业最为发达，东张西望，走过去了，排队占座折腾一番而后端坐下来独尝美食，为的又是哪般？仍到杭州酒家。在延安路解放路转；爱在山里水边走，逛街走几步就觉累。

登上吴山，虽一土坡，亦一面可望钱塘，一面可眺西湖，有一楼，也锁着。闲卧片刻，下到西湖。我说杭州人都到哪里去了，都在这西湖边上。幸亏杭州人口不过八十万，西湖的面积又大。往家转，姑父今晚请两个学生，吾亦不宜晚归。

三个客人。姑姑的弟媳伶俐大方，世人能懂的应酬她都懂。姑父的两个学生来自农村，拘谨到等于没吃。姑父兴致很高，第一次听他侃侃而谈。席间许多善良聪明，都流露在细微处，不用Balzac和Dickens那样的篇幅，实在写不出。

沿海地方的确比较繁荣，每个城市的人都以自己比别省人过得好而得意，对政治的热情比西、北部要差得远。分田到户后，农村似乎正在经历一次从低限的回升，所以邓说广大农村安定，有一定根据；至少在东南地区，感不到政治危机的气氛。甚至文化人对魏京生、竞选、内地闹事、中央纷争等也往往模糊得等于无知觉。中国太大了，在很多方面，这里同北京、西安、四川竟可说是两个民族。加一点夸张和溢美，西北像罗马，东南像迦太基。难怪从东南考到北京的青少年，对首都之为"政治中心"的那种气氛往往瞠目结舌。

5月1日　21：37　昭庆寺横街

睡前读黄山导游。

昨夜蚊虫扰我龙榻。今不到七时起，阴或雨，遂未出门。姑姑和姑父去做客，我一人在家，读完 Essential English 的最后几课。午时小寝，未久，被雷霆惊起；风雨大作，立观良久。怕衣湿不宜装包货运，没到湖边去，此刻想实在很蠢。雨势之豪，北京一年难得一次。把手提包收拾好，尽量轻装，随身只剩一个书包。趁雨转小，到南星桥，货运办得很顺利。回到市里买了邮票香烟点心。归路上又看望看望雨中的西湖。

晚饭后，姑父到杭大去授课（后因白天大风吹断电线杆引起的停电而归），姑姑讲些徐家家谱及轶事。越觉姑父人好，平时几乎每晚先回他母亲家料理家务，回来要照顾姑姑，自己的工作又非常繁杂，而对学生仍很尽心。看电视，才知这次寒流影响了整个中国，此间将降温8～12度（现已明显冷了），而我刚把毛衣背心都货运掉了。不过风雨中到黄山会格外吸引人。希望到彼处后正是风雨后的晴暖。

现在该结束这封信了。到了杭州，就跟在北京边上似的，一高兴，明天就在峨眉酒家喝上了。大可不必担心我的身体。我像鲨鱼一样健康，像猪和大踏一样能吃。这次游黄山，决定不冒险，不露宿，总之，不做超出常轨的事。

谢谢大家收看，下封信再见。

2日　19：55　昭庆寺横街

第 20 封

5月4～5日　黄山天都峰排云亭

阿晖：

　　六点一刻发车，近临安时，车右一湖，大若西湖，青山四箍，甚美。多丘陵，路面尚好，会车不多，四小时后至顺溪（172公里）午饭，菜肴便宜，遂跳踉大嚼一顿。之后便山行，下山到歙县（213公里），据云这是一座名胜繁多的古城，坐落在不规则的平川上。又行50公里（一点一刻）进山。车右一座水库，数个百亩湖塘首尾相连，水极清澈。虽无密云之浩大，然谷深山高，别有一番峭丽，可谓黄山的第一景。沿溪曲折上下，54公里开了两个钟头，过了汤口。黄山与泰山、华山、峨眉、雁荡等山不同，它藏身在群岭之中。不过在山凹里，各种旅馆设施等也组成了一个小镇，游人熙熙攘攘。

　　同车三对北京蜜月青工拉着同行，拖拖拉拉，找不到旅馆，遂登山三里到慈光阁。摆开众人，独自走通往汤岭关的路。原以为一座黄山，尽是游人，谁知一上石路，竟无一人踪影，倒以为众多游客花了钱，只是为住住招待所的通铺。阴天，不是那种云势凶险的阴天，而是死样怪气的那种。登到试剑石看，就是一块石头。石周野花似锦，流连了一刻。复折回鸣弦泉，泉边是醉石，传太白酒醉于此，绕石大呼，可惜我未赶上同他共饮谈诗，而是一人冷冷清清坐在石下，无朋无酒。

　　一路上，遇到游山玩水的人，都说黄山观止，现在还体会不到。

不过，听流泉汩汩，落瀑滔滔，足够自在。

5月3日　18：02　黄山醉石下

到了。

4日　7：55　天都峰顶

原想在天都峰顶作一小记，然峰顶广仅丈方，不时要给上海赤佬躲让照相，遂立观半小时后，便下山来。

昨晚从醉石直下虎头岩，又下到回龙桥去看人字瀑，久闻大名，一见不过尔尔。现在正水旺时候（有些路段、有些电线杆浸在水中，听说二日黄山亦有大风雨），尚且如此，故有人说水淡时候，仅如泪滴。

登回慈光寺。食堂已经关门，北京一刘姓青工却给我买好了一份晚餐等在外面。路上遇见的几个青年，虽萍水相逢，都围过来说话。还是脱了身，暮色中在左近转了一回。刘说已安排了铺位，邀我同寝。通铺上躺下后，此兄没头没脑说些话，又无端表示钦慕；终于说到本题。这些事情，原先只从书上读到，听此兄说，中国人里也是很普遍的。颇感难堪，告无此癖。他说由于社会压制，很多人在这方面对自己并不了解。觉得此人生身如此，未见恶意邪心，不忍伤害，于是只说还想转转，起身走到大棚外面。不知何时，天竟大晴，星斗灿灿。回到铺上，刘还睁眼等我。我稍不悦，说困极，请他切勿乱说乱动。其实却睡不着，听他在旁边辗转伤叹。

才四点人们就起来了，赖到五点，洗漱过后，未待早餐，就上山来。在立马桥追过刘等六个伙伴。黄山路陡，上升甚速，一个小时就到了半山寺 1340 米（温泉车站海拔 660 米），喝一杯牛奶，不远就到了龙蟠坡。立坡四眺，已觉空旷，东有天都巨大的阴影落下来，北有莲蕊莲花诸峰，峰顶大石壁，正半迎旭日，极为辉煌，南面温泉宾馆之类以及老人峰，都已落入脚底。满天晴翠，一道青云横亘天沿。正是

　　云栖天柱断岩横，
　　日上莲花势欲倾。
　　七十二峰相并起，
　　几多天斧始劈成？

　　但恐大批游人赶至，未便久留。翻过天门坎，山下景致，便甩到岭后去了。穿过云巢洞，就到天都峰脚，初阳光焰，迎目而来。天都峰果然无比险峻，修了石阶，人们尚提心吊胆，第一个登上来的人，该何其英雄！立在峰顶，头上是光明，脚下蒙蒙雾霭；凑近壁沿俯视，谷深难测，令人目眩。从慈光阁出发的虽都落在后面，但有些从玉屏楼上来的人，不让我独自占住峰顶。

　　下天都峰时遇到北京伙伴。一常州小伙小杨与我同行，孤身矫健，不添累赘，唯话语稍多。登玉屏楼，此处称为黄山最胜景，看来也实不错。向阳一面，绿树葱茏，背阴坡上，及附近诸峰顶上，只几株悬松而已，更显出峰峦之奇丽。久坐四望，竟无倦时。

　　11:30 才开饭，等不及，遂买一盒罐头饭、一碗豆浆、两块烧饼充饥。下到莲花沟底，复登莲花峰。此华东最高峰，1860 米。据云天气极晴之时，可西望匡卢，北望九华、长江，东望天目。此时虽晴，终有烟气，远山都在缥缈之间，难辨何者为何者。黄山景色很特别，格外宜于入画；常见"天然图画"的题刻，于此山应最相宜。

再看一眼吧。诸峰林立，相距却也不远；似乎脚快的人，一天就走遍了。谢老天，赠我一次晴时山光，天顶英英白云，反增晴碧。峨眉已观云海，故更喜黄山遇晴也。

11∶28　莲花峰顶

中午人稍少些，在莲花峰耍了一个多小时，又在鳌鱼背，天海（海心亭）一带游玩，能看的都看了，能坐的都坐了，到光明顶。往西海来。从山中（天海）四望，都是山峰，高则三四百米，矮则数十米。然待登临，乖乖！朝外皆下垂千仞。到此，乃知黄山之奇，万片岩石重叠，叠作奇峰，宽仅数仞，而高摩苍天，似把桂林诸峰搬到天间，故更奇更险。坐在崖边，看渊下岚霭浓重，久不能去。

小杨20岁，还是个不大懂事的小伙子。胆子大得出奇近乎鲁莽，总在悬崖峭壁耍，说是所在愈险愈不会出事，因为人心里谨慎。果然，在不算险的地方他跌了一跤，衣肉皆绽。我曾自嘱这次不冒险的。到处听说跌死在黄山的故事，看那山势，确能相信几分。

过飞来石，下到西海小卖部吃了一顿。

15∶48　西海排云亭

西海北海一带是后山游人集中之地。转到清凉台看后海，也是怪石怪峰林立，同在排云亭下望西海诸峰一样令人称奇。到了望仙台，又从老松林中先下后上，到了狮子峰顶，这是今天第一次到了无人登临的所在，独自沿岭到西沿，坐观斜阳乱峰。终于，白日裹入天边烟雾，昧昧将暮，山径难辨，不敢再到天黑，连忙赶回北海宾馆，设法弄到一张床位。日落之后，西面云霞淡淡橙红，来不及登高，就在宿舍前观看。

入晚，复携小杨登清凉台观星象。一天登了三座 1800 米以上的山峰，又在天海跑了一周，却只觉轻松自在，真是"乐此则不疲"。碰到一二是山就到过的真正的旅行家，说黄山最好，庐山最差。又遇一伙人，说松谷庵一带，景色奇美。原欲明天经云谷寺回温泉，这样一说，决定再往北去。

21：00　北海宾馆

一路来黄山的伙伴，山前山后常碰见。宋某 70 届，四级工，高大粗壮，其实为人安分，甚至有点精细。以中人论，可谓健全：工作得不错，到过不少地方，觉得自己还有一套。他的哲学是：自知学问上无由深造，图在本行上有所专长，少交朋友，少管闲事，得个强于平均的生活，亦知足矣。

那位刘兄，比我还年长几岁，对众人都像个老大哥，谦和而乐助人。不在意我头一晚略带粗暴的态度，有机会就和我说话。说他生来如此，打小就不接近女孩子，到了青春期，自己痛苦不堪。社会如此，无法对任何人启齿，家里逼着成婚，拖了好多年，终于拖不下去了，这才结了婚，带老婆出来旅游。平白耽误了一个女人，心里更是苦上加苦，恐怕只有一死才能解脱。他夫人果然不像别的新嫁娘那样喜气洋洋，生得本有些苦相，有时也笑，总像只笑到一小半就缩回去了。我把 Ellis[①] 等书里读来的讲给刘兄听，说可以尝试

---

① Ellis，霭理士，英国著名性心理学家。——编者

唤起男女之爱，若实在不行，也大可不必走绝路，只要不损害别人，就和道德无关。即使无法对家人说，也必须向夫人坦白，编个借口，坚决离婚坚持独身；而且挺上几年，社会也许会变得开明一点。他只说很难。

又是早上四点钟，房客们喧闹着起床，据云是首次登山的兴奋所致（也是上床太早的结果）。小杨梦中戏耍，使我夜里未得好睡。此时也只好起来，裹了棉被到清凉台去候日出，东边山后云雾如楼，料不可见一次奇特的日出，遂回寓收拾行装，五点和小杨两人取道下后山。

谁料到越过清凉台，一道石阶曲折而下，直落千米；山谷之深可得想见。谷中花树甚为繁密，但没有什么特别的景致；唯北风入谷，晨寒袭人。几乎降到谷底，沿瀑缓行，走够20里，抵松谷庵。七点了，却不得早饭吃。只好继续走下一二里，到翡翠池。池水甚美，真如翡翠一般，四周和池底都是巨岩。四座青山，将这一个小天地圈在当中，所以又有一番不同于雁荡龙湫的景色。涧中的石头，细而滑，竟如丝绸一般。在巨石上跳来跳去。向下到老龙潭去，已至半途，小杨终怕晚，遂复腾浪越瀑而上，快活有趣而无何艰险。

回到翡翠池边，洗脚洗袜，又溪上蹦跳一回，两番跌到水里，幸无伤损，只湿了下半身。上溯到乌龙潭，潭虽小，因为涧瀑冲成，深不见底；瀑雾散开，中有彩虹。

玩了两个多钟头，九点半返程登山。翡翠池同温泉车站高度相近，等于又登一遍黄山。路左飞涧虽美，固非黄山所特有。奋力攀登，两小时后又在北海宾馆了。人皆称奇。

用过午饭，把山顶各处走走，到了始信峰。由此下视后海，一道幽壑，两屏险峰，紫霭低回，乱石穿天，黄山之奇，绝五岳焉。因久坐不能去，从此一别，就不知何时再见啦！

下东海往云谷寺去。此谷较宽，正望到光明、莲花、天都诸峰背影，天映奇岩，神韵万千，造化之功，叹为观止！

小杨20岁，常州铁路段徒工，身高1米78，面目文气——那种没什么文化的文气。还算大方随便。工人出身，却有点儿"少爷劲儿"，难得张罗勤务，却一会儿饿，一会儿冷，一会儿累。念他年幼，又头一次出远门登高山，就迁就他。远游王孙常拂人美意，也该有时照顾照顾别人。唯一事难耐：他嘴里总在说话，无恶意无善意根本无意义的话，把第一个小时的录下来，就是以后每个小时所说的。几次劝他独行，他又一副很温顺的样子。下到皮蓬岔口，他无力再转从岔路登到顶上来，我就劝他先下去。这番他听从了。伙伴若非十分投合，不如各走各的路，这一点我体会至深。

登山三里，来到此间，风景优幽，不闻人语。援石而上金炉顶。环视东海群峰，这是最佳地点。天淡云横，鸟语花香；西南大山后面，阴气森森，东北群峰前面，松柏苍苍。此顶幽僻险要，更无一人来扰。久凌山风，已觉凉冷，再坐片时就去。

        15：00 皮蓬金炉顶

从皮蓬下至云谷寺12华里，只在入胜亭稍驻，观望天都峰背影。右下一条深涧，满山风色松涛，这山山水水，也并非都有了题刻名号才美，也无所谓这里观云海，那里看日暮。目逢神会，就是景色。那年在泰山山腰遇上彤云归穴，虽无名目，却让人一生难忘。

上海画院十个青年工作人员结伴游山，像同很多人一样，我同他们也有"一面之交"。下云谷寺时,碰到其中之一小沈,说一路在找我,说同伴们俗气,自己也未尽脱市侩气,很愿和超凡脱俗的人结伴,以求上升到较高的境界。为了证明自己其实也难免俗,不敢推辞,让他在百丈泉下为我留影一张。

赶到汽车站,那里的紧张气氛不亚于纽约股票交易所。明日往各地的票皆售尽了。从北京伙伴那里得到一张到青阳县的退票。走一程看一程吧,若不得到九华,就设法到铜陵坐火车回南京也罢。

回到黄山宾馆,已经没有铺位。饭后,就在温泉一带散步,修建得像座园林,晚晴天气,十分可人。是否露宿一夜呢?——可怜身上衣正单。管他,等天黑再说。

18:50 黄山宾馆前

第 21 封

5月6～8日 青阳九华山/安庆小孤山

嘉曜:

在黄山宾馆大厅里,同北京的、常州的、上海的伙伴都碰到了,聚在大厅围绕着服务台的通铺上,显得热闹非常。出门看看,可知天下很多聪明的人,善良的人,幸福的人,虽然不一定就情趣相投。

入晚,众人散去,剩下住黄山宾馆的几个闲聊。北京内燃机总厂的宋给我讲发动机生产,讲得很生动。不知怎么一来,话题又集中到骂"四人帮"及其帮凶。骂了一气,各自睡去。诸人皆留我将就挤挤住下，但我坐的那个铺位一直空着，就先占着，让他们各自去了。结果，我那个挨着服务台的铺位始终空着，要不到花钱的铺，倒预备着这个免费的。午夜睡去。

又是一个晴朗的日子。在黄山萍水相逢的朋友今晨飘萍而去。原只与小宋夫妇同路，后来小沈脱离画院团体也要随我往九华。近六点离开温泉南下，五公里后经汤口东折，由黄山东麓曲折而行，七点半到太平，复行山路，一小时后渡太平湖，溪湖林山景色清丽，难怪养出天都峰那种灵物来。摆渡用了很久，抵青阳已十点半。

青阳是一个公路交通枢纽，补票顺利，中午将往九华山，吃了饭，于此歇息。路上听说长江水路亦通畅，又起游庐山之念。不过行囊马上就要从羞涩变成如洗了。To be there or not to be, that is the question.

5月6日 11：55 青阳车站

开出一段后，开始盘旋上山，直到第三座"天门"，大概上了12公里。反顾上山的公路，荡转如白龙；到处题作龙的岩石都不如它像。有时，人的痕迹也很动人，拜伦曾提到茫无涯际的大海上远望到一叶白帆。又例如山林深处露出一点殿角。西方自希腊罗马以来的建筑都建在开阔处才雄伟，中国的殿宇却好像本来就该建在深山里，平原上的倒像是从山中传出来的。

路上只有一处好风景，那就是龙池，百丈峭壁之下，一瀑下冲成潭，以下又连续几个小潭，高高瞰去，堪与龙湫、翡翠池媲美。

终点在山间小镇九华街（700米），问明情况后即登山。未久，到回香阁，又下到接引庵，庵中联云：愿天多生好人，愿人多行好事。此谷平坦，寺庵毗接，多数同民房一样，正厅立一两尊佛像就是。七百米以上，是天台正顶，在此上眺，颇觉雄壮。

今天天气燥热，看来也是初夏乍热时候，杨叶还柔润。槐叶却圆全了。

15：20　中闵园

下午下回香阁之时，从谷底来了一行人，每两个人抬一顶轿子，上坐"菲律宾华侨回乡进香代表团"，几个老的，几个壮的，几个少男少女，或项挂念珠，或手捻佛珠，或剃发袈裟，团长是一个五十左右的大胖子，因太胖，添一轿夫来轮流抬。午日炎炎，轿夫汗流气促，进香者们悠然自在。当然，一边肯出钱，一边愿出力，不逾公平。但那场面还是让旁观者难堪，觉得这些人不信佛不进香，倒离佛心近些。想起峨眉山那些负笈登山进香的老农妇，玛丽亚接济而安德烈嘲笑的那些无知的俄罗斯老太太，都还算得是信佛信神。

言归正传。山不算高，所以慢慢走。登山本身就是乐趣，况大山之中，游者寥寥。一路有几座寺，都进去看了，或借清潭擦洗，或坐磐石欣赏杜鹃花，或照相。人云：黄山归来不看岳，余不知其可，但刚下黄山就来登九华，确实把那些山石涧水看得平淡了。九华山是佛教四大名山之一（另有峨眉，五台，普陀），即使经历了这么多年革命，香火还是相当旺盛。不过，我凡看到好山，就看到佛功无量，体会到造化慈悲，看到和尚尼姑倒往往觉得俗了。

五点到观音峰，宋小两口儿力怯，又见山上已无一二游人，便乘天还未暗下山去求宿。小沈和我继续边玩边上。偏偏是在这观音峰以上，风光一变，奇岩四立，峰峦各异，正合路壁"渐入佳境"

的题刻。有诗为证：

　　久欲参禅理，寂寥登九华。
　　山高风不断，松冷日初斜。
　　乱草侵梵宇，鸣泉出紫霞。
　　归来心已净，归去种莲花。

　　好山好山，尔等何日来游？毕业分配，可有硕士级和尚，发到此处来看山，一点红尘不到，颐养天年？

　　过古拜经台登天台正顶（1323米），不禁叫一声好。原来九华山孤脉横卧，卓然于群峰之中，东西皆立起六七百米来。天台正顶选在绝佳之处，尽取主峰之崇高显要。崇峰之上，唯吾二人，大殿之中，悄然寂然，唯一老僧缩在厨房。天高人小，日晚山宁，佛国气氛，笼罩梵宇仙城。东南青山后，可望太平湖，西北烟霭中，仿佛长江水光。大山极顶，难禁神志扬逸，日暮凌风，争不宠辱皆忘！高吟浅唱，无欲尽之时。乐土乐土，爰得我所。

　　要往庐山，就得及早赶往贵池，大山空荡，又不舍离去。山顶下有招待所，在彼处进晚餐，决计先宿一夜再说。旅游的事也怪，昨夜百余人宿此，连饭桌也拼成床铺，今晚却只有我们二人，岂非天赐清福！

　　近七点，斜阳穿云入雾，山色渐转苍茫。古拜经台背倚大鹏听经石，巨岩顶上就是天台正顶。转过身来，两侧数座奇峰，前面一带矮山，山缺处，数点朦胧灯光。殿前一方平台，倚栏下眺，松谷千仞，大风越过天台，扑下松谷，撼起一片松涛，凛然雄深；半天间纤月一钩，却清清雅雅。此种境界，非笔墨所能描述，唯身在其中，始可领略。唤君同来举大白，听天籁，何如？四顾却不见君。

平台后是听经殿，一盏青灯，两支红烛，映上三尊佛像和坐在烛台上的弥勒，两侧二十二罗汉，形态隐约。往随缘柜中投赠几文香金，拈过一支香来，点燃插入香炉，合掌端跪，口中只道：但愿菩萨保佑我终生常葆慈悲心肠，死生贫富另有天命管着，就不消菩萨操心了。一向以为烧香敬佛，不如分领佛心。心不诚，纵拜纵捐何补？此行多上佛山，屡入琳宫，不曾敬一次香，菩萨大慈大悲，固不在乎，判官小鬼，难免见怪。如今行程将尽，还了此债。夜静殿深，心极虔敬，烧香拜佛，此其时也。虽度过不少神奇的晚上，然心静且净，无过此时。想来要普度众生的佛心，本身是寂寞清静的。

小沈且冷且乏，先睡去。床临窗，窗对山前，然无所见，惟闻满山风啸松涛而已。

21：45 古拜经台

又独自出去观赏九华夜景。弦月已没，山风浩荡，把天空刮得晴碧，星光明灿，映此夜光，可见寺后峰岩松柏的剪影，一座大山，黑黝黝的，充满了神秘的感召。只有我同这九华佛山的夜色做伴，想必情与貌，略相似。

今晨醒来，已五点过了十分，忙叫小沈一声，自己披衣裹被，奔扑上山，十分钟后及顶时，气脉将断矣。未俟立稳，寂寞大山之外，旭日徐升。再十分钟，阳光已不可通视。这时沈也来了，另有几个友好赶到，他们是三点钟就从山脚开始登山的。

携沈登最高峰十王峰(1341米)，几色杜鹃及其他花类开得正盛，铺满山顶，恰是一座天造地设的大花园。爱野花风韵，坐其中，比在城中一室细赏名艳奇葩更觉悦目赏心。

九华山脉南北走向，此时满山西风，却不觉寒。拨花穿竹，回到住所。沈动作慢，我先下山来。在中闵园要了两碗鸡蛋酒酿，煮好端来吃进一碗，还不见沈踪影，遂"把师弟那份儿也吃了"，登上回香阁，复登云舫。回顾主山，朝阳斜入闵园竹海，光影陆离，难为丹青。

未辨出通百岁宫的道路，却走下山来。转罢规模宏大的祇园禅寺，复登山数百米至百岁宫，这里供着明代无暇禅师的真身涂金像，据云他是百二十岁圆寂的。这尊金衣佛像现在看上去是木乃伊的样子。

慕名而来，索性把几座大寺庙一一参拜。到化城寺，宝殿建筑得确甚雄伟，殿后有黎元洪所书：众生度尽方证菩提，地狱未空誓不成佛。入内看了看就退出来了。寺庙原为诚心的香客修建，信徒而外，真好寺庙艺术的行家前来参观倒还罢了，我们这些世俗游客没的污了人家清静世界。

这里公私贵贱好坏都不卖烟，好容易在化城寺前觅得一盒腰鼓牌劣等烟，同店家聊了一阵，知九华诸大寺盛时皆有上千僧众，化城寺建于唐至德二年，为九华开山寺，盛时更有和尚三四千人，香火之盛冠于一时，那种鼎盛景象现在连想象也难了。（九华街如今一共只有居民1400人。）

        7日 11∶48 化城寺大殿

看看天无片云，午日灼人，发起神经来，登南山数百米。山路不陡，山风不断。至高处四望，了无一人。东眺天台，北眺云舫、百岁宫。初夏午时，即使登一座小丘，也总领略到那种光明的宁静，况复身处东南第一山中。何不就此遁入空门，结庐于此？兴起就到黄山匡庐游荡，兴尽就归读《史记》《石头记》《浮士德》。尘世利欲于我本来淡若乌有，最多不过隔日化些酒肉来吃。再待一二十年，连酒肉也不想了，自然餐风饮露，羽化登仙。看官且慢，这里还有一份"出家须知"：商品粮户口，初中以上文化，全家及单位同意，年轻未婚，无恋爱关系(或爱人同意)，工资15元，服从国家统一分配。

想着龙池诱人，却未敢下半山去游嬉，恐误了车耽搁一日。另择草径，寻至小天台；大殿无人，唯地藏王菩萨与云游菩萨而已。

下来参观旃檀林，九个老和尚正在做道场，领头的披大红金线袈裟，还有几个披绛红金线的。九个各有所司，像是个自奏自唱的合唱团，多数拿着各不相同的乐器（我只叫得出木鱼），领头的一唱，大家跟着唱；却有一个，不断地站起来，跪下去，磕头，往复不止。有几个很严正，有几个东张西望。

赶到车站，小沈已在彼处树阴下纳凉，等买票的人却已挤满售票窗。大概这里的公务员喜欢看人打架，车到了才卖票，一开窗，便是一场混战，我拼了老命参战（闲住一天旅店可不好玩哩），终于为自己和别人购到——better：抢到——三张，到贵池，一块三。这几分钟是出门来最英勇的一次斗争，幸亏没买串念珠戴上。佛祖或会腾云驾雾或会缩地之法，自然不必像我们凡胎这样你争我斗。

14:25发车，未经青阳。近贵池时，路面平坦良好。16点到，立即换市内车到池州港，结果船票很好买。我本已想好，上水下水的船哪班先走就买哪班。结果上水的船在先（明晨一点），好，那就到庐山一游。决定一旦做出，是好是坏，心里都畅快。

在候船室好生洗了一番，又觉得舒服了。先去吃饭，饭后再见。

17:30　池州港客运站

今天一天吃饭花掉一斤八两粮票，一块八人民币，且无一餐后觉得吃饱的。饭后入港。池州港在秋浦（读诗的朋友都熟悉这个名字）入长江的口上，江水静静流着，夕阳静静沉没着。昨晚白日依山尽，今晚长江落日圆，一样落日，两般情调。

候船室很宽大，灯火通明，长椅上躺满了人。广场上也很活跃，旅馆知青女招待骑车兜风，几个小伙子打闹戏耍，后来放起 Disco，扭得还不赖。我坐在客运站前广场石台上，同南京有色金属冶炼厂的一位中年人闲聊，这人路子很活见识很广，一晚谈话，既助我消磨了候船的时间，又让我增加不少见闻。

船稍误点，蜂拥上船之际，已近两点半。抢入五等舱，并无空铺，遂占住一柜顶，甚困，不久睡去，约五点，船近安庆，醒来，在船上走走，然后送小沈下船。他到此地接其父回沪。一路上碰到过好几个容易动感情的人，认识才一时三刻，就敬重有加，知己似的说好多话。虽再三叮嘱不要失去联系，今后大半飘萍不复；同行一段已是缘分，有几人能在人生之路上两次相逢？

安庆下船人多，找到一张铺位睡觉，至九时，出舱闲逛。船大，分六层，顶层驾驶楼等，底层货舱。五等在二层，已高出水面，隔板分割，上中下三层铺位。船超载，乘客达 2000 人，甲板过道上横躺竖卧，加之天气较热，航行得不算过分舒服。江南多丘陵，江北始终平坦，只彭津对岸有一座山，叫小孤山，上多建筑；山不及百米，但半立长江中，突起在无际平原之上，也算得一景。人们跑出来摄影，其中有宋夫妇，原来他们昨晨往铜陵，在彼处购得三等舱，也上了这条船。

在甲板上无所事事地遛达，接续着古拜经台上的思绪。悟得一切皆空抑或悟得万法如如，我总以为还是后一种悟性要来得更透彻些，所以难怪五祖宏忍虽然把衣钵传给了慧能，仍然说他"亦未见性"。我说"透彻"，是因其悟得真切。了悟一切皆空的人，未始没有，但我们凡人，谁真能悟到一切皆空？更须一问的是，谁始终悟到一切皆空？若始终悟到，那还是悟吗？我们尚在贪生之时，干吗多讲求死之念？饿了要吃困了要睡，这是万法如如。但饿了仍不受嗟来之食，这也是万法如如。最怕的是口说一切皆空，实则只把他人看空了，于是自己的生活反倒实得没有了转圜的空间。生孩子过日子，就要说修道为诗的是空；修道为诗的，就要说常人的生活空洞。生孩子要好好生孩子，作诗要好好作诗，这就是万法如如了。

我虽事哲学，却不喜玄言。想不清说不清的事情是有的，那我们就再去切实体会思考，再试着把话说明白，绝不敢拿了自己的懒惰去冒充得道。笼而统之的得道，的确用不着很费心，难的总是把实实在在的困惑理出一二头绪来。六合之外圣人存而不论，岂畏难哉？思的鹄的就是求真，六合之外，万相归一，怎么说都行，诚不再有真伪之辨。古之圣贤，与西人无异，殚尽思虑三绝韦编以求真，哪儿有像后来的小夫子那样，一个个悠哉闲哉就得了道的？

我们讲道机深浅，西人讲真与伪，看似我们内在西人外在，其实不真何来深，不深何来真？失真的所谓深刻，不过是些诡辩之士的伎俩，用来吸引雅典的无知青年和我们今天的大学生们，因为人在年轻的时候，大半还区分不出巧智和智慧，反倒常把智慧的清明认作平庸，特易为奇诡之见迷惑。从前那些严词正义不过是些面具，如今一旦剥落，其中不是肮脏就是空洞。时势如此，想来今后十年八年，必有各种奇谈怪论流行，唯待尘埃落定，世人才能转向真实正大的思想。

5月8日　14:16　长江上

等了很久，近五点才靠上岸，冲上码头为宋夫妇办理一日游票，接着送他们坐车上山去了。我自己绝不肯坐旅游车，一大群人，一处停15分钟30分钟，小旗一摇，又哄哄地往车上挤。

这时才喘口气，东问西问，打听到出九江的船票难买。买不到该怎么走下一步，现在想不出。走了三四里路到汽车站，购到明晨发往庐山的车票。

不知为什么，沿海城市比较凉快，而沿江城市却热。九江让人想起一个月前的梧州来。从前没到过江西（现在还没到过西藏、青海、黑龙江和台湾），起了一种由陌生而生的混乱感；大概因为热以及缺乏睡眠，思想也不清晰，多少有点沮丧——干吗到庐山这个鬼地方来？

18:02　九江八角石邮电支局

求援！到庐山一数，手头只剩二十几元，勉强支持得到上海。见信后请汇四十元到上海。先曾和胡渭约定代购舟山船票，现决定取消此行，已托他代购18日往青岛的船票。故我必须16日前赶到上海。

第 22 封

5月8～11日　鄱阳五老峰 / 三叠瀑

刘建：

回到码头边的九江旅社要了一个铺位（八角），然后随便走走看看。市面似乎不大，样子也比较朴素。就这样走走车站广场和自由市场，看看农田与农舍，听听小贩、农民、推销员、警察和服务员的，心得往往多于听一天哲学讲座。

九江的生活不高；花一块五正式吃了一餐，同一对很可爱的小朋友聊了几句。散步一周。

二楼大会议室里置四十来张铺，包括折叠床，桌子，长椅，我睡的是最后一种。智者说，睡着以后，御榻同草席并无区别；不过在睡着以前，那股气味——well，还是有点儿区别的。

那就赶紧入睡，好早早进入无差别境界吧。

5月8日　21:45　九江旅社

谁说庐山不好？这五老峰就是面临鄱阳湖的五座悬崖，山壁直上直下，从我此刻坐的地方往下一跳，800米到底不用怕磕着碰着。五崖相联，山高欲倾，果然有"基压江潮，峰与辰汉相接"的气势，虽天都莲花亦难为俦。这里离湖比含鄱口近得多，似乎纵身即可入浩波之间。山脚不时平白起一股白烟，依崖上旋，须臾而成云霞；五峰之间，唯我与行云做伴。于是藐远志之所及，怜浮云之并举。

今天五点起身，一小时后发车，七点半到牯岭。侧望鄱阳湖，正耀耀在朝阳下，如云东立。我到庐山来，主要是想看匡庐瀑布，向好几个游人打听，都不曾往。

在牯岭转了一圈，往俱乐部来。庐山上面柏油马路纵横，别墅棋布，修得很阔气，服务设施齐备，什么都有的买，当然，我也没钱买什么。在大山中少见这样平坦的地势。既平且广，建筑虽多，仍远不似想象的那样拥挤，青葱明丽，挺安静的，走得便觉轻松了。碧透的天空，轻闲的云朵，明丽的风和树，松弛的心情。这原不是个探险猎奇的地方，而是"避暑疗养胜地"。

到含鄱口，下有烟气，鄱阳湖隐约不明。

沿山径下一段，复沿公路而上，到五老峰。峰脚下一块平地上摆着粥摊，喝粥时，旁边有一伙上海青年男女，长得多很有模样，打扮入时，刚刚从峰上下来，抱怨着山太高，太阳太晒；一面一碗一碗要了粥喝，一面抱怨米不好，咸菜太咸，鸡蛋太小，说是还不如上海的鸽子蛋大。两个鬻粥的山里姑娘，不过十四五岁，小心服务，一声不响。一位女郎抱怨她那一碗太稀了，鬻粥姑娘连忙另盛了一碗端过去，这女郎叫起来："侬把锅底里的砂子都舀给我吃啊，这样的粥我吃了是不付钱的。"鬻粥姑娘低低回了一句："不付就不付。"女郎登时光火了："个小丫头个嘴巴倒厉害个啊。好个，是侬讲个弗庸付钞票。"就叫了她的同伙，哄哄地起来要走。我走了半个中国，还没见过这样欺负人的，就叫他们站住，对其中一个男人说，吃了人家东西不付钱不是太好。那小伙子身长面白，挺漂亮的，可惜举止委琐。一面劝他的女伴，"算了算了，忒个乡下丫头有啥个吵头"，一面掏出一张二元票子，扔在桌面粥浆上，"个钞票侬全拿去，阿拉钞票有个是"。等他们下山去了，那个小些的姑娘对我说，上海人真坏，原来他们该付三块两毛的。大些的那个止住妹妹，说上海人并不都是这样的，昨天来的几个上海建筑学校的老师多好啊。不好的人总是少数，不和他们计较就是了。这对姐妹姓卢，生长在庐山，眉目举止谈吐全可用"良善"二字概括，一路上碰到过多少像模像样的城里姑娘，没有一个像这对姐妹这样让人喜欢。可知造化有几分公平，既然把这样高贵的心地给了她们，就把细皮白肉锦衣玉食给到别处去了。

眼前云腾雾蒸，头顶上仍旧骄阳高居，照耀着那种夏日特有的巨大的灿烂的云头。既为五老，故秃顶焉，无处闪避，任灼日炙肤，久坐已感难当，却又依依难舍。

9 日　12：58　主峰顶

下到山脚，已没有客人，卢家姐妹却还在，就坐下打尖。听我要往三叠泉，说太远，不如在她们家里先住一夜。指着山坳里，家就在那里；恐造次，谢绝了。反过来请她们到北京玩。她们说一直非常想看看北京，但她们必须先攒够盘缠，即使她们愿意，家里也绝不会让她们花别人的钱去旅游的。可知养出这样的姑娘，还不只是山杰地灵，她们的父母，也一定是极方正质朴的。最后说好，她们自己攒车费，我来管她们在北京的花销。吃完，她们也要收摊，把剩下的两个鸡蛋包了给我。我要付钱，她们坚决不肯收，说本来认识了高兴，一算钱倒不高兴了。

都说三叠泉远，果然不近，老陈腿快，尚从两点起足足走了一个钟头方至观瀑亭。依亭东望，两山对峙，峭壁之间，不过数十米。南面壁上，舞下一条白龙来，此即三叠瀑也。为翡翠池肯走40多里，为三叠泉就更值得了。下到第一瀑上首,涧中一潭,青丛巨石环护,四顾无人,遂脱衣跳入潭中,痛快洗涤一番。爬到瀑顶下观,好景象!北面一道石壁,高数百米,宽达千米,势盖雁荡铁城;头顶巨石如檐,脚下涧落百仞,一时间,水动石摇,目眩胫软,岂敢久驻?在雁荡颇欲登龙湫顶下视,今了此愿。

下到第二叠下首,坐在平坦的巨石上,仰观两道瀑布相续,水大声疾;爬到第三叠首,知下瀑必更为雄壮。然两道石城,勾连成死谷,断然无法再下。若下此瀑,沿溪出峡,经白鹿洞书院,便到山外,再行二三十里,就到鄱阳湖边了。

石城四箍,风从天来,飞流四溅,如雨潇潇,天顶碧宇轻云,瀑后一派阳光。这样的瀑布,飞湍于这样的峰嶂峡谷之中,世界上不能多有。庐山景色,止于此焉。坐观者谁,当代太白一人而已。有诗为证:

　　暮至三叠泉,但听瀑声喧。
　　险峰屏四壁,怪树立云前。
　　忽见游龙至,乘风舞万千。
　　一叠三千尺,三叠到九天。

说起太白,当年住在此瀑上游九屏山,却不知有此瀑;宋时朱熹于此讲学(这位老夫子够能玩的!),亦不知之,搬到武夷山后,才听说有个樵夫入深谷发现此瀑。一经发现,便成天下名瀑。想那位樵夫,后来大概也羽化成仙了。

黄昏了,密纳发的猫头鹰又要起飞了。可是朋友们!争忍离去,争忍离去!庐山还有什么要去看的呢?

17:12　独坐观瀑石

昨晚在三叠泉，只顾走到潭边壁角，欣赏赞叹，忘了食宿之事。待返身上山，登到一半，回首鄱阳湖，正顺着夕阳光线，湖岸的村舍历历在目；若有下第三叠泉的路，我定要到湖边去宿了。赶上观瀑楼，已不及观日落。从这里俯视鄱阳湖，优于从五老峰上，因这里正东向，而五老峰东南向。

想寻一条近路，便踏上一条陌生的草径。谁知这路一味缓慢上升，初，还觉愉快，可是后来总不见翻过岭去，而天色愈来愈暗，云头愈来愈重，花树愈来愈深，就有点着急了。必须在天黑前赶到某个地方，然而，灌木中，道路愈来愈窄，枯枝把眼镜打掉，刺穿上衣，扎出血来。这条路仿佛永远没有尽头，我又不敢离开它一步。走着走着，神志忽然迷乱起来。好几次，发现自己冲到离开道路的某个毫无意义的地方，无所视，无所听，胡乱吼叫着。点燃一支烟，努力使疯狂的情绪平静下来。忽然觉得自己像狼一样孤独，希望见到人，哪怕一个陌生人，哪怕一个坏蛋。心底的脆弱忽然通过裂变增生，在全身蔓延开来，瓦解了意志与精力，只想安安静静地爱，被爱。一路上常有人把我这样一个人长途旅行视为异事，一向不以为意，这时却感到两个月不停顿的奔波，情绪像山中的天气一样变幻不定，似乎已经把力量消耗尽了。无论如何努力，竟不能使自己镇定如常。拉住自己，不到悬崖上去辨别方向。

山岭还在继续上升，已经高过五老峰了。天黑时候，终于钻出树丛。刚出林丛，黑暗中就觉两个怪物奔扑而来，连忙俯身捡起一块大石头；原来是两条恶狗，和一般看家狗不同，这两条巨犬一声不吠，也不怕你弯腰捡石头，只顾扑上来，吓得我魂飞魄散。已经扑到身前，后面有人大喝一声，两只凶兽戛然立定。两个兵，就站在五七米开外，夜黑人惊，完全没看见。兵叫住狗，上来盘问。用手电照着看了我的学生证，态度和气下来。说这里是庐山的顶峰汉阳峰大月山顶，建着雷达站，从没有游人从树丛里爬上来，所以疑是特务来破坏。我说我在福山也误入一个雷达站，别看我对工科一窍不通，倒像同雷达有缘。卫兵把我领到兵营正面，那里是一条下山的大路，说离牯岭还有将近10里。

惊魂甫定，沿大路下山，决不敢再觅岔道。这时才发现头顶上悬着半轮昏黄的月亮。没想到在这汉阳峰上实现了月夜山行的愿望。

　　岩间白云冷，枝下月光稀。
　　回首行经路，山深易忘机。

可惜四下涌上来的云很快把月亮吞没了，新的光源是闪电。人们说，这是今年来最热的一天，夜必有雨；果然就落起雨来。离牯岭三四里时，找到一所民房，山民指给我一条小路可近一半，走了几步，路荒难辨，复退回大路走。未久，路边一所工棚，装起手电照看，顶壁完好。本可在此度夜，但方才一段狂乱吓坏了我，更兼电闪雷鸣，风疾雨冷，不敢宿下，虽然心知没什么可怕的，一无野兽，二无匪盗。

山凹里已经闪出别墅的灯光。下行到邮电疗养院，绕楼寻觅，楼后有一尚未落成的大厅，看模样是个新建的食堂，空旷干净。身上实已无住店之资，就找到一条木板，平放在大厅侧的一间小屋里，把卢家姐妹塞在书包里的两枚鸡蛋吃掉，在雷雨声中睡去。半夜，被冷风激起，把"铺位"移到背风处，复睡去。再次被冻醒的时候已近四点。虽然冷，比雁湖之夜还好过得多。

找一条水管洗漱了。坐着吸烟，或在大厅中散步取暖。天蒙蒙发亮了，云把厅围绕。五点，道路可辨，遂上路。谁知此路不到牯岭，却又把我带到庐林湖（就在俱乐部边上，昨天忘了写到它），索性下到湖边去。夜雨水涨，水波却依旧澄碧，漾着一片清冷。西边已露一线青天，东面坡岭被云雾笼罩，云漫下来，垂在湖面上。最艰难的时刻过去了，开始了新的一天。

庐山到处有前人的足迹，颇引人幽然怀古。人说东方的特点是阴柔，不知他们想起什么来了；反正近人所说的中国传统，往往只是被西方压垮的传统，甚至只是三十年来的反传统。不明历史，就把自己的阴柔投射到历史中，再软绵绵怀古一番。想想孟夫子的浩然之气，想想太史公笔下的游侠，想想曹孟德的横槊赋诗，想想唐太宗和李白，一个个何等刚健。我们若没有刚健之气，又怎能承接下中华的刚健文明？

下到"三宝树"，一株银杏，两株柳杉，据传是晋朝一个和尚从西域带来栽于此山的，看那粗大，说是汉朝的也有人信。

又下到小桥，右折寻乌龙潭。同向来所见诸潭比，这潭就像一根驴尾巴。但我仍在潭边坐了许久，来补上这段记录。

    10日 7:30 乌龙潭，天开了，虽还未投下阳光

你好，太阳！你好，光明与温暖！谁最先向你们致意？——度过了黑暗与寒冷的人。

又沿涧登攀了一阵，见绝无好景色，就下到电站大坝，沿环山公路到仙人洞一带。难怪大家讨厌照相的、题诗的，居然这么一个破洞。这一带游客纷纭，但石松一滴泉天桥等，无一可观。打听石门潭瀑，人云：老皇历啦，修水库后，没瀑布了。匡庐素以飞瀑名

天下，将来大概要以发电名天下了。

天又阴下来。登石伫立，北望大江，乡思如江上腾起的雾海云楼，弥近弥深。善哉，明晚我就顺江到钟山啦。

从如琴湖登小山，沿岭至月照松林。如果有月，有酒，有酒侣，也许值得一来。这时却连月照松林也未看到，天顶倒露出几块可爱至极的蓝天。

看风景画片，似乎把庐山的景色都走到了。然而想到夏禹、太史公、陶渊明、惠远、李白、白居易、苏轼、黄宗羲、朱熹、王阳明、徐霞客，以及等等前人曾从不同的道路，登上或发现各个所在，就起了一个愿望，在庐山住上一年，把前贤的旧踪再一一访踏。

这些古人，性情遭遇虽各个不同，但其性情的深厚，却各个都是今人比不了的。以陶渊明论，当然是个田园诗人，"山气日夕佳，飞鸟相与还"，童蒙读来，只见其清淡闲适，不见有什么深厚之处。但我们当然知道，陶渊明本来追随的是儒家治平的思想传统，颇有治世济民的抱负。只是当时门阀森严，政治黑暗，不愿在里面搅浑水。他的避世，可说是不得已而为之。所以人们又举出"刑天舞干戚"这样的句子来说明陶渊明的另外一面。不过依我看，陶渊明的另外一面，并不一定要在"刑天舞干戚"里去找，就在"心远地自偏"里面，一样是体会得到的。怎么说呢？但凡卓越的诗人，心中自有相互冲突的情感、追求，而因了人格的巨大，始在特定的文化传统之中循当时的时势物理，把种种不同的情感追求统一在某种主调之中。深厚即由此而来。否则心从何处远，地因何事偏？本无远大抱负而一味闲适的诗人，写出田园诗来，自然就达不到"此中有真意，欲辨已忘言"的深远境界。阴铿也写田园诗，还算有才的，读到"莺随入户树,花逐下山风",却难免觉得气蕴单薄多了。同样,我们也想象不出,一个本来就游手好闲吃喝玩乐的诗人,会写得出"五花马,千金裘,呼儿将出换美酒,与尔同销万古愁"这样的句子来。

回到牯岭,在照相馆买到车票(这里车多,各种铺子都卖车票),吃一碗面,到望江亭,登小天池。吹吹风,休息休息,正是瑰丽的多云天气。

一时雨雾飘来,一时晴云浮去。这番景色与峨眉所见又不同,那边浑厚雄深,这边明丽清秀。

13:02 天池亭

这倒霉蛋,上车时跌在泥潭里一跤。三点发车,100分钟后到九江。

车上回望庐山,在下午的阳光下静静躺着。一座大山,就像一个伟大的人格一样,当然只有离开一段距离才可得观其全貌,得观其外部的轮廓。但这个全貌就是庐山的真面目吗?我们必须曾在此山之中,勘踏过其中的草径,漱饮过其中的溪流,抚摸过其中的石和树,我们必须曾活在那里,才能真正看到,才能从外形看到实质。看,跳出来看,是一种回忆。唯曾在者能看。这么说,我们若要识得庐山的真面目,非曾在庐山之中不可。

拿到船票,只给我晚上十点的。于是琢磨着设法上7点20的一班。吃了饭,无处待,走来走去,感觉身体不适,智力迟钝,挺吃力地支持着。

看到港务人员带熟人先入码头,灵机一动。大摇大摆进去,并无人问。很快船到,便优先上来了,待找一上铺(热些,却也安宁些)

躺下，吸了半支烟，舱里挤进人来，为铺位大争大吵。走了为别人开的后门，我倒大模大样在铺位上躺着。本想立即睡，但邻铺为铺位吵了一个小时，且舱中又热又闹，热天睡皮垫子，肯定不会越睡越凉快。要是精神好，宁愿上甲板去吹风，像梧州—肇庆途中。

睡到早上六点，起来洗漱了，读随身带着的唯一一本诗词选。天阴风疾浪大，未登甲板。刚查了一次票，查票员看看我，就走过去了。

11 日　　8：59　　铜陵—芜湖

天色淡薄，北风缓缓，大江渐宽，两岸平川上，唯见东西梁两山，然皆高不过百米，形势也不如小孤山。所有的旅客都睡了，侧舷甲板上空荡荡的，成了我散步的理想长廊。身体感觉也好多了。

继续着昨天下庐山时的思考。所谓看所谓认识，都是以身在事中为前提的。身在事中，说的还不是"体验"，体验还是以自我为中心以认识为归宿的，在却是迷，身在庐山中就是迷在庐山中。着迷才有关切。Sorge 这个词，本来译成"关切"要好些。不过熊先生译做"烦"，自有译做烦的好处。因为烦不从认识来而恰恰是从身在其中来，即从 Geworfenheit① 的关切来。而烦之为体认，就和抽象认识不同，而更近乎智慧。佛家说"烦恼即是菩提"，未必是我现在所想的这层意思，但我们似乎经常过分强调了智慧高远宁静的一面，而不曾悉心体察智慧和烦恼的联系。须知本真的生存并非遁入方寸之间，也非遗凡尘而轻飏。沦落于大千世界，自不免操持百业，逐人高低；就算收心得道，忘却营营，仍须要挺身立世，为自己的

---

① Geworfenheit，被抛情况，被抛境况。——编者

所作所为负责任。说什么出世、无为，总还是在世，总还是无不为。人生在世，究竟脱不开这个烦。而烦之为烦，就因为人生总不是个定型的局面。今日了悟了，明朝复又执迷；或竟不如说，不着迷就没有了悟。人生之谜因此就不似一个方程，求出了根就可以摆在那里。思领悟在，并不断领悟在；思跳不到存在之外去作结论，反倒执意寓形宇内，寓身于万象，从而把万象保持在真如境界之中。

13:45　将及马鞍山

靠岸了。

16:15　南京

第 23 封

5月11～14日　南京中山陵/玄武湖→苏州园林

老爸老妈：

　　走到中山码头乘31路到大行宫，步行东向半小时，一问便找到"向阳院"。附近无饭馆，否则会遵母命先用餐然后登门的，不过看朱伯伯的态度，其实也无需此种周到。朱伯伯把我当他自己的晚辈，家中其余人待我亦亲切。实际上，从未及坐稳，到饮酒吃饭，到刚才临睡，朱伯伯始终"诲人不倦"，说很器重我，所以把多年来潜心教育事业的经验讲给我听，平常是很少对青年讲这一席话的。大意是说：不可以研究生毕业为终，要学习一生，卒成一家之言。当前把哲学降为一种政治工具，真正的哲学却与科学与人生无不相连；故学必博学，不可偏于一隅。同时又要为人硬气，不以小得小失为怀；有大学问大为人才有大成就。如此者，留北大为上策，虽清苦，却得到了最宝贵的闲暇，可以发挥自学的长处。先不惮吃苦以求成名，终久也会有利。其说既有大义，又不乏明智。但亦不逾老爸日常的言传身教。

朱伯伯说瘦西湖无可观。读来信，父亲虽未发金牌，信里行间，似有催促小儿早归之意。遂拟废扬州、镇江之行。

洗了澡，准备休息。

5月11日　23:35　南京朱宅

是那种盖被则太热，不盖被则太凉的日子。患精神分裂的四弟夜中滋扰，且有蚊子，故未得好睡。幸亏船上睡足了，且往下几日皆很轻松。七点起身，不久朱伯伯等送老四去医院。同大女儿闲谈一阵后出门。同在杭州一样，没有什么地方一定要去。赶上的是9路，就随它到了中山陵。景物同记忆中完全一样，好似昨天来的。希腊字隔日就忘了，这些景物倒记得长久。

取一荒僻石径登到山上，原来是紫金山东一峰，日薄烟重，远近迷迷，遂罢及顶之念。披荆棘下山，未想在这市郊山上，惊起一只大动物来，草深，未睹其真形。榛莽掩蔽之中，有永慕庐等二三建筑，断堵萧然，败阶清冷。隐隐间见一大殿金顶，勘踏寻至，知是藏经楼，亦已残破。复东行，至灵谷塔，记得此塔位置不佳，视野不广，但既到了，就拾210阶及顶。南向无可观，北向则可见钟山南麓，平缓的一带山坡，都是绵密的青丛，此时日色渐明，带来一种正午特有的幽静。

再到中山陵。人们批评孙先生，说他有点机会主义，有时又失于主观武断；亲俄联共的政策，同后来国共分裂，左右两翼大动干戈，未始没有关系。但历史上的"因果"，殊难定论，而孙文一生未尝起登帝王位的念头，尤为难得。把当时那些豪杰人物数一遍，可知像先生那样怀公心秉正气的政治家并不多得。胡适之先生于私德固甚讲究，不过出掌驻美使馆，政绩却平平。有一长已不易，完善奚可求焉？

绕石柩三匝，以示敬意。

13：00　中山陵前

在玄武湖逛了很久，觉得不如昆明湖，更不如西湖。中午太挤，过了一点半，公园的饭馆又都关了，只好饿肚子。出公园前，又遇到宋夫妇，原来他们早一天就到了。我们仿佛真有点缘分。

去买车票，每天近20班车，票却卖完了。如今的客流量真大。但明晨仍要想办法走。

晚上依旧饮白酒，并且似乎喝得多了点。朱伯伯对教育几乎抱着宗教般的热诚，希望能见一二青年成大器。是不是有点像老爸：固少有大志，终未遂，寄厚望于后生。他鼓励我只应着眼于有史以来的伟大人物，淡饭疏食，志不可馁，必以成空千古的事业而后已。

兄弟姐妹们似乎都真诚开朗，相处也投机。

明日早起今宜早睡。

12日　22：07　南京朱宅

据说早点到车站能购到票，于是四点就爬起来，朱伯伯送上4

路，换1路，两种都是通宵车。果然顺利地买到了227次。宁沪线上，一列列客车快接上了，却还是那么拼命地挤。真是国中第一繁华地区。南京到镇江站着，镇江到常州长椅的第四位，最后一段才扶了正。十点前到无锡。昨夜两次被蚊子叮起来，路上困得要命。不过现在可以挺到回北京再睡啦。

到蠡园。别西湖后，又看到一片美好的湖光了。一个有风的晴天，娇弱柔美，而游人不多。这次出来的妙处之一是正值江南一年中最美好的季节，再过几天，就该是黄梅雨了。虽然"一川烟柳，满城风絮，梅子黄时雨"听起来富有诗意，大家可都知道黄梅雨的讨厌劲儿。再往下，则又是"赤日炎炎似火烧，放假学生到处跑"的时节了。

两个花枝招展的姑娘请我给她们照合影，自然乐于从命；然后要给我照，从命得就有点勉强了。她们说不照相留念，不是白出来玩了吗？（一路上碰到过不少持此论点的人。）大概从此就断定我有点傻，坚持要为我充当导游，一同到了鼋头渚。土头土脑，同两个时髦女青工逛在人群里，未免不伦不类；说东说西，似乎也找不到什么共同的兴趣。但哪里肯撇下两个妙龄女郎兀自他去？于是相处得挺好，还一路要给我照相。大的姓顾，19岁，体态丰满，识礼干练，小的姓陈，18岁，漂亮天真。

鼋头渚的游客很多，煞掉几分江南风光特有的清新明媚。当然，太湖还是令人感动，风起浪作，滔滔如海浪涌。四点出园，大女孩邀我到她家去一起把相片洗出来，或干脆住一两天，好在无锡再多逛逛，说父母都是干部，在北方工作，家里只有一个外婆，任她做什么都管不了。骨立形销，孤魂野鬼一般，岂有不动念托肉身返阳世的？只怪爹娘把这儿子生得太老实了，一本正经地道了谢，分手走人。

吃了点儿东西，时已晚，就不再到梅园或锡惠公园等处去，在沪宁杭旅游，就像散散步，到处都好，却没有什么特定的目标。沿原路回车站，正赶上车开，车上那些上海人的自私自利让人羞惭。半小时后到了苏州。

轻易找到木耳场，一见面就听小叔叔聊起来，我独自用餐时他也没停。谈的都是家族里的事，我本来有个弱点，总觉得每人都有自己的道理。听叔叔讲，就觉得应该改变自己从前的某些看法。不过所谈的内容不妨留待明天再记。只一间大屋子，叔叔婶婶小琳都睡了，小侄子和我躺在一起。虽然还早，但走了一天，这时准备读读报纸就睡了。您们在家里也一定早早熄灯了，因为电视里想必没有可看的节目。

13日　23时　木耳场

今天由小琳陪着，虎丘、西园、寒山寺、留园、狮子林、拙政园，北寺塔，把苏州市内的名园大致看了一遍（网狮园等未到）。这些园林中，留园似乎最能代表苏州园林的风格，给我的印象最深。这些园，个个不同，饶有趣味。笼统起来，却又都是苏州情调，同北京西安那种帝王气派固不同，同杭州无锡那种江南风华亦有别，要之全在"精巧"二字。一个城市或一个国家的人民精神风貌，颇反映在建筑风格中，同时受到传统建筑的影响也不小。苏州一带山灵地秀，养育出无数才子，其风格却偏于纤巧精细。

苏州的园林，原都是私人的大宅第，不相瞒，我相信弄那么一处住上个几年，肯定比这样随一伙游人挤在里面东张西望更能体会这些园林的真趣。当然，这些园林的真趣其实随着生活在其中的人们的喜怒哀乐早已淹没无迹，永不重生。只有一部《红楼梦》，把那个时代最珍奇的精神情趣流传下来，流传下去。从这里我想到，作品只有深入到本时代最本己的思想情感，深入到一现而不再的情境中去，才会不朽。君不见其他写才子佳人的书，我们今人努努力也还能够编出来。

各省和各国朋友到苏州来玩的很不少，大多所在都拥挤，我不是最喜欢挤车，所以一天里走了不少路。小琳初看是大大咧咧的小孩子一个，实则对人事也颇有些细心的看法，和她走在一起，还总有几句话说。反正在苏州逛园林，本求不到独在的乐趣。时有雨，但不似1970年秋的雨那么难过，事实上，还使池塘台榭别添一段风韵呢。

登北寺塔七层（顶上两层不开），鸟瞰苏州，一城平房瓦顶，西边有些小山，其他就是平整的田地，间杂几顶工厂的大烟囱。

14 日　22:03　苏州陈宅

第 24 封

5月15～17日　苏州天平山沧浪亭→上海

嘉曜：

不是独处，难能随时记录。今六时起，不久同小琳出门，到南门坐市郊车往西南到木渎,登灵县风景之一灵岩。一座不足200米的小丘,顶上有座庙,一个公园和一堆堆游人。天阴茫茫的,看不大清太湖,虽然离得很近。庙里的素面好吃,吃了两碗。然后好走了一段路,到天平山。这山上的石头生得还好,毕竟同南普陀无法比。题刻也多,字往往写得不错,意思却难解:一汪脏水(从前可能是清的)说是吴中第一水,三十米高处写着凌云倚天,一片小石板题作天屏、势盖五岳,等等不一。写诗题字固然需要一点想象力,但直弄到颠三倒四,就难怪人们要笑文化人无聊了。

小琳"腿软了",只登到天平山半。在那里看见苏州人同上海人大打出手,头破血流。上海的年轻游客老嘎嘎子,到处摆出洋气阔气什么都看不上眼的样子,买东西时却精打细算,不惜屈尊和小贩斤斤计较,得便还要欺负乡下人。他们绝不肯在任何事情上吃亏。乘两站车,也拼了命抢位子;无论旅行到哪里,总不忘打听茶叶、饭碗和小椅子的价钱,设法把便宜货买到手,带回去。语言轻薄,无视公德,招惹是非。多数上海年轻游客沾染上述诸项中的一项、诸项乃至全部。各城各地,喜欢上海人的少,恨的人多,至少是讨厌。殴打上海人的事件时有发生,最严重的乃至打死人。我目睹此类情形非止一次,今又一例。

而我亲交的上海人给我的印象却大不相同:生得干净漂亮,头脑清楚,精明强干,胜任现代社会所需要的一切方面的工作;工作勤勉,处世谨慎;情愿为享受多出力气,不习惯坐享其成。当然也有点喜欢议论别人,关心自己多一点儿。上海人,无论在上海还是在外地,始终在生产着中国第一流的东西,但他们似乎不曾为自己产生相应的威信。

各地对北京人的印象尚好，认为北京人客气、豪爽、直率。但到过北京的有不少却恨北京人，多半领受过北京各类服务员的气。据我的经验，把全国服务态度的恶劣加起来也敌不过北京一城。

两个月来，饱览江山胜迹，见一山爱一山，见一水爱一水，然而，并无一时不惦着北京，北京的文化气氛和政治热情，标准的普通话，北京的阳光（哪怕带点风沙），天坛雪茄（不曾脱销吧），桥牌赛，北京初夏的傍晚。归根到底惦着北京的人，那些我们爱的、爱我们的，我们关心的、关心我们的，那些在哲学方面同我们的追求一致而在风格上同我们互补的人们，那些不计较功名欲利却意气风发的人们，那些从忤逆无常的运气和恒定的命运中同样赢得快乐的人们，那些摆脱世俗标准而仍坚持着标准的人们，那些我们的进取为了他们的骄傲而我们的失望依赖他们来安慰的人们。

从天平山坐车回南门，步行到沧浪亭转了一圈；去拜访陶伯伯，他上中班去了，同陶伯母小叙。用过点心，告辞出来，在怡园转了一圈。叔叔已买定了明天午后的车票，我只好待到明天午后了，干脆多逛逛吧。这江南温柔富贵之乡，享用也享用不尽，写也写不尽。早有柳郎的《望海潮》，欧阳永叔的《采桑子》，以及其他无数名篇，吾生也晚，何必浪费笔墨，直抄一阙韦庄可也！

  人人尽说江南好，

  游人只合江南老。

  春水碧于天，画船听雨眠。

  垆边人似月，皓腕凝霜雪。

  未老莫还乡，还乡须断肠。

  [卖豆腐脑的姑娘也个个西施似的]

晚饭闲聊后偕小琳到食品厂拜望陶伯伯，又说是白班，回家去了。

叔叔对我赞誉有加，同时劝我要善用自己的才分，不要太脱离了实际。从小起就不断听人劝我"要现实一点"，而我始终不明白我怎么不现实了。难道一定要把一切想象都打扫干净才有一个现实剩下来吗？一个人的一生能有多少东西呢——如果减掉想象？不，还不是"想象"。并非实实在在有个现实，此外还可以有虚构的想象。我说的和Einbildungskraft①有点相像，但和"想象"或imagination离得比较远，因为这里说的主要不是飞翔而是一种穿透。凭借这种穿透，我们就会突破封锁，进入公共的世界，建立人与人、人与世界的实在联系。有了这种穿透力，一个俯伏书案的学者可以和一个浪迹天涯的游子一脉相通，一个决心自杀的人和一个酣饮狂歌的人心心相印。反过来，缺乏这种穿透力，即使你处在事变的中心，即使你漫游世界，你仍然被封锁在一个小小乾坤里。因此，这种穿透力同时也是一种联系的力量。失去了这种力量，现实就被拧成一个小小的乾坤，而人们大概把"现实"专用来指现实被拧死了的这种极限状况。显然，富有生命力的个人和时代会在这样的现实中局促不安。在一个上升的时代，像莎士比亚说的那样，人生展现为一个广阔的舞台。这时，古往今来上下八方都勾连成了一个共同世界。没有了想象，没有了穿透，屈原和司马迁，峨眉的云海和南海的旭日，原子的碰撞和星云的膨胀，就都要从我们的生活

---

① Einbildungskraft，想象力，幻想力，构想力。——编者

中隔离开来。谁愿意说：看，这才是真正的生活？

5月15日　22：50　苏州陈宅

　　叔叔和小琳陪到苏州市中心区观前街走走，苏州的供应情况不错，书店的开架书尤方便读书人。钱胆比任何时候都壮，因为叔叔给了我160元。

　　午饭时把这两日的谈话扼要重复一遍，然后叔叔和小琳送我上211次。在苏州停了两天多，在主人看来短得不近人情。这次周游委实太过匆忙，来不及吃饭，来不及睡觉，来不及思考，来不及写诗，来不及交朋友。其结果当然是经常腹中空虚，困不可支。不过，报上说，多活动少休息可以益寿延年呢。

　　车已开出苏州了，我守车门坐着，该利用这段时间盘算一下回京后的事情了。两个多月，拖欠的债务太多了。首先要向父母大人汇报此行（几十年来谁都不曾一下见到这么多亲戚熟人）；老朋友们总得好好喝一夜吧；睡一觉；得看看侄女、侄女的妈妈和侄女的妈妈的双亲；应当看望导师，以及同窗；得把德语课接过来；得开学法语，接上希腊课；此外，可别忘了还得把论文改好，准备答辩；一路上受了许多惠待，交了几个朋友，写封平安信是比起码还起码的；应当坐在窗前读两本书；应当把游记整理一下；最应当的是：把这次旅行中培养起来的行进不息的精神坚持下去，那就可以把上述各项一一完成了。

16日　14：16　211次苏沪线上

　　到上海后，寻至南昌路。大伯极为热情。立即去买了大冰糕来吃。一面同大伯聊天,一面读家信,读到父母的关切,嘉明的扬逸,阿晖的亲切。未久,小玲来,她刚到过北京,每句话里都有"阿明"(即嘉明)两字,一时我忘了她是表嫂,还以为是亲嫂子呢。

今天是星期日。五点钟就爬起来,由大伯领到新雅,找不到座位,又转到杏花楼,在二楼找了个包桌,一人一元,像像样样地用了一顿早餐(茶、鸡肉包、蛋糕、馄饨、烧麦)。这两家都是上海最有名气的广东馆子,货色也确实好,不过为此挤车、倒车、赶路、占座,弄掉两个钟头。

在深山密林里,当然是我自己拿主意;但城里所拜访的多为长辈,我只有听命而已。八点半到姑姑家,一见面就坚留午饭,大伯事先同我约定,坚不肯留。姑父从信中知我将到,特将白班调成中班,准备陪我几天,哪料我只坐片刻。如此面对长辈,多少有点左右为难。各地亲戚都当件正经事准备招待,我却到处行色匆匆,说是拜访尽人情,说不定反伤人感情呢。

大伯阻挠我在别人家用餐,是他自己定要请我,出姑姑家就绕回新雅。大伯很讲究吃食,点一小盘炒虾仁就三块五,让我这个"牛吃蟹"三口两口扫干净了。

到多伦路,黄家正要用午饭,听说我第二日就动身,黄伯伯颇感意外。他已经为我安排了好几个节目。我答应随他去拜访几位老长辈。黄伯伯饭也未得安吃,为我开了赴青岛的介绍信,然后就带着我不断坐车,换车,弄得我这个大笨蛋全不知南北,到了金先生家;不在,金伯母刚端上茶来,我们就告辞。去看伍医生,从午觉中唤起,闲谈了不久,又去看陶先生,也是从午睡中唤起的,虽已下午三点。先生很热情,这回坐得久些。他是老革命,后来"犯错误"（那口气是男女错误，或财务错误），降为现在这个校长。接着去访庞校长。庞校长已退休，正图恢复中职学校大业。早听说我要来，一直在等，这时却在南京庞公子处，说第二天就回来，却也不及见面。留一片纸，退下楼来。

亏得黄伯伯念我时促，决定不去拜访另几家更远的。这些老先生老夫人，都是和蔼可亲的，但毕竟陌生，所关心的事情不同，而寒暄又非不肖之所长，在这一连串"礼节性访问"中，坐立之间，手足无措口舌拙滞。一生过半之人，被领到东领到西，被例行夸奖一番，总有些不自在。

黄公陪着到霞飞路转服装店。看来买衬衫比写毕业论文难不少。黄公又不是喜欢替别人做主张的，始终笑立一旁。只好作罢。

到四川北路，黄伯伯把东宝兴路的三层旧宅指给我看，一面给我讲些往事。平时大都市里不觉日月之光，这时却眼见着斜阳醒目地照在楼壁上。

回到黄家，应请把我的旅行观感乱弹了一通。尊长面前原应藏拙，但已相处得随便，太拘谨倒见外了。黄师母教我一定要买衬衫，"不会买是一回事，不买又是一回事"。

辞还南昌路，大伯已睡。写几封信，包括给你的这最后一封。信到，我人也到了。最后再向父母转达一次问候吧，23日就当面请安啦。

           17日　午夜　上海南昌路

第 25 封

5月18～23日　沪青海航→青岛崂山→返京

又开动啦，15∶15。

这将是一封没有地址的信，无论如何，还是按习惯把这篇游记继续下去，直到这次旅行终止。

躺在铺位上，觉得轻松，从这两天的奔忙中喘定一口气。但不知为什么，当站在甲板上等待发动，当江风吹进舷窗，却有一种忧郁感；像什么呢？像我们站在青春的边缘，感觉到时间的离心力正在把人们抛出去，抛出动荡、冲击、炫目的人生中心，抛向安稳的常规生活。就是那种即将寂静下来的惜别之情吧。

闲话休赘，把脱落的游记补上。

今天仍五点起，同大伯说说话，他就去用侨汇券买了排骨、生煎包子等好多吃食。吃过了就去看智勇（笔者的堂兄），坐未久，同往探庆云姑姑，姑姑脑子还清楚，往事都记得，爽爽快快聊了一阵。尽量多坐了一会儿。

五原路访胡渭，却已分配上班了。很遗憾，留张纸条退出，照黄伯母指示，又到淮海路转服装店。决定要买，就发现自己很有主意，看颜色，看质地，看式样，看型号，颇像个行家。很高兴发现原来买衣裳也是学得会的。

归，大伯下厨，所制皆上品：鲫鱼、煎猪排、清炒笋。大伯精于烹调，经他之手，更见品味之高。他还再三道歉说简慢。

到公平路同大伯在检票口惜别。

不时跑到甲板上去瞭望。刚刚出到海口。多云渐转阴。风大，浪也不小，迎风而立还相当冷。

5月18日　17：00　船出上海

大团的淡淡的云中，"金乌西没"，逐渐变得黯淡的海水。

因疲倦，又走上甲板。海面上何来这一片光明？举头时，只见一轮满月，皓皓临空，白光照海，耀如扶桑日出；俄尔，海光半收，再仰望时，满天絮云急走，光影重叠，一时掩了月，便卷了海上的光辉；一时从云隙中投出一道，纵贯海天。变幻纷繁，顿觉乾坤之莫测；海月无垠，始信人生之有穷。正是

　　身随海潮动，心载月光飞；

　　忽被浮云断，迷迷已忘归。

人们在看《无名岛》，却不来看这有名的东海云月。

这是此行所见的最为多彩的云月了。大自然似乎不愿我结束这次旅行，特用了这惊人的景象来诱我漂泊在造化的无穷尽之间！

21：15　沪青海航

昨天晚上，因同舱皆睡下，就熄了灯，到舱外去。到处都空荡荡的，由我上下前后左右乱走，也顾不得"旅客止步"的牌子。船入睡了，只有马达像心脏一样还在突突跳动，把海水推向后去，发出隆隆的响声。可惜我不通乐理，否则一定要把这宁静中的乐音谱下来。环望海周，零星有船灯明灭，天下是星、云和在云中穿行的月。可惜我不善丹青，否则一定要把这深夜中的光辉描画下来。无论谁

流连在这海夜之中，都会了解内心的 Natur［天性］同身外的 Natur［自然］完全同义。

如果不是在上海跑得太累，本应在甲板上度过这神奇的夜的。结果一觉睡去，误了月落，误了日出，六点跑上甲板，日已一竿。这是一个明朗、清新、寥廓的早晨。立船首，海风迎面扑来，心胸爽彻。起伏着的清脆的圆环镶在白色的浪边上，构成了唯一的世界。

5月19日 7∶10

一个驻苏州的坦克兵送前去探亲的母亲回山东家乡，小伙子不错，就是有点得瑟；一个带女儿到上海原籍探亲的干部返回胶南某粮食局，他19岁到山东，如今已49岁，山东口音很重了，女儿已断然是一个山东村姑；另一个湖北汽车厂的"外交人员"，经上海原籍到烟台出差，常出门的人，活跃而客气。连我，共六人，相处和睦。

旅客多是公人，甲板上罕有走动者，同舱五人都在睡觉。

船首凌风，耳闻呼啸，眼望晴翠，洁净而纯真，空阔而自由，我们在人生中所要求的主要品质，都由大海赋予了。

谈谈大上海吧。谈谈这座没有古迹，但有未来的大都市吧。

当你走在南京路上，当你离开南京路走到大大小小的南京路上，你一定认为这是中国唯一的都市。这座城市仿佛不是坐落在一块贫穷的版图上：旺盛的购买力，紧张的步伐，精美的橱窗，繁忙的交通，组成了一幅昌盛的景象。大上海真大！从此处到彼处，坐一个钟点车不算稀奇。蠢如我者，至少一个星期，才能弄清那些纵横密织的街道。公共车是拥挤的，但你不难发现调度得很合理，一辆接一辆，永远在开动着。其他方面的服务也同样高效率；听到服务人员精确的回答，看到他们麻利的动作，你还以为出了国界呢。上海的活力，至今未被愚懒腐朽的官僚机器碾杀。

同在外旅游的上海青年给人的印象大不相同。在这里，你看到上海人民的总体，衣着得体（不像北京人那么土头土脑），作风正派（不像南京人那样严肃得发呆），态度客气。实际上，上海人比其他都市对外乡佬远为热心客气，有几次简直让人感动。文明、整洁、明理识礼、生动而规矩，精干而有文化，使上海注定要在健康的未来充当中流砥柱。

Shanghai，这几个印在中国第一流产品上的拼音字母，还真是值得我的乡亲们自豪。

沪青海航

像诗人所咏，海洋的颜色时时变化着。翡翠绿变成了孔雀蓝，蓝色越来越深，直近于黑色的透明。

  究竟哪一种是虚构的色彩？
  哪一种是海洋真实的图案？
  我轻轻捧起了一掬海水，
  那透明的元素顷刻流完。

（吴小祁的诗句）

午日当头，海面上泛起无数点反光，仿佛是这位自然的君主泛起威严的微笑。浩荡天风，明朗海日；大哉乾坤，大哉人心！

面对浩瀚的海光，不自禁把这次旅行看作一次巡礼，一次对前半生的检阅。这没出息的三十年一事无成，常令人沮丧。但当重新在 Natur 面前雀跃之时，不是又发现，我们的感情还不曾枯竭，我们的心灵，还像这天风海日一样，保持着创造时刻的一片纯真！既然所求者非利非名，所求就是回归命运的这种单纯境界了。我们不能超越命运去求取成功，如夫子，如诸葛，都是顺天命而忤成功的。看哪，命运的海洋，恬淡、威严，也不乏幽默感，把帝王的宫殿和渔夫的茅舍一同湮灭在泥沙之下。在万里海底，陈列着历史的遗迹，而只有辉煌的此刻，活跃在海面之上。我们固无往日的荣耀可言，但始终秉浩然正气而生，也就算对得起此生。我们虽未能战胜平庸，却也不曾被平庸战胜，到今天止，总还可说势均力敌。

午饭后睡一觉，起来时，山东半岛的沿岸山脉已经从海平上浮起，因为海面的水气拦断山麓，显得缥缈如海上仙山。

19日　16：02　将近青岛

昨天五点半登岸，到开平路；先进饭店，才八点半，已近关门，只剩我最少欣赏的一种食品：山东大包子。饭后寻到李家。李伯伯头鬓银灰，容貌颇精神，文绉绉的，态度极和蔼，一望可知从前生活在很有教养的环境中。他先要领我到招待所去，我当然听命。但谈话之间，略了解我的情况，便要留我宿家中。我倒很不过意，因为李宅不宽，且老二晓东正生病。推辞不坚，终于从命。这时大女儿小明从电大放学回来，开饭。我再三申明已用过晚餐，二老仍不由分说让我入席。东东发烧升至40度，遂同伯伯、妹妹带弟弟（他们都叫我哥哥）到青纺医院急诊，待把医院的一套烦琐事情办好，打过青霉素回来，已午夜。圆月挂在青岛上空。

明明（25岁）东东（24岁）是天下第一对漂亮、温柔、规矩的姐弟。那种近乎柔弱的教养让人奇怪他们竟会是生长在六七十年代的中国青年，奇怪他们怎么会在当今社会中顺利生活。他们更像旧时最良好的大宅第中生长起来的小姐公子，那种优美的谈吐举止性情让人喜爱不尽。

大概在沪青海航时贪看云月海日，受了凉，登岸前已觉不适，昨夜更伤风大作。出门在外，第一讨厌的是生病，而更讨厌的是病在别人家里。所以今晨早饭后便乘车进城。本想临睡前再回去，伯母却定要我答应了回去用晚餐。

买了火车票，买了明天到崂山的游览车票。

鼎鼎大名的栈桥其实很短，所以望到的仍是海湾。天气晴而不朗。到栈桥顶端，觉得身体衰弱，思绪委顿，就在胸墙脚下躺倒。游人熙攘，如此躺着固不雅观，但躺了一个多小时，毕竟恢复了一点精神。遂步行到鲁迅公园。在水族馆前的长椅上又躺了一个小时，然后进去参观。鲨鱼那模样简直是一种现代化的机器。

青岛确实是座美丽的城市，蔚蓝（有时翠绿）的海水尤其令人神往。独自一人，不想划船，躺在沙滩上。虽然天气不热，但若身强体健，一定要下水游泳，水不冷，人寥寥，这么好的大海就在眼前，不投身进去多可惜！这区区伤风就害人若此。

14：26　青岛第一浴场

八大关是青岛的一个风景区。八大关就是青岛的风景区。山海关路海滨，望出去的海面比栈桥一带开阔，也就更富有大海那种空旷自由的气息。这里别墅参差，行人车辆寥寥，颇富鼓浪屿的宁静气氛。道路较宽，林园较广，则比鼓浪屿的优雅还来得大方些。加之夏天青岛不似厦门苦热，故更宜于在此择居。鼓浪屿还以居民为主，而这里却多为高干别墅了。爸爸去夏居住在此，对青岛赞不绝口。要是在这个紫藤槐花挂满的时节居此，定会更加喜欢。

可惜早不知道这一处好，来得晚了，未得久留。归途上参观水产馆，长长见识。出门来，愈发现自己知识寡陋；若博学有达尔文之什一，就更能从细处来欣赏大自然了。

回到开平路已六点多。伯母烹调技术高超，油闷海杂鱼脍炙人口，只难为伯母一条条小鱼洗净。父亲同李伯伯只有两三年同事，故我格外不愿太添麻烦，他们却热情得让我过意不去。

身体衰弱，不到十点先自睡了。

像离开广州离开九江一样，八小时睡眠，就把病除去大半。七时出门，八时余，车自栈桥发。这是最美丽的旅行之一，右览黄海之寥阔，左望浮山之峥嵘。下次在青岛长住，定要登览此山。

九点半后车到崂山。登未久，到龙潭瀑。景象平平。从侧壁欲攀瀑顶，将及，勇气和体力皆耗尽了。一则病未痊愈终觉四肢软弱；二则归期已付家书，若在崂山小瀑跌死而不归殊觉欠妥。便欲退回。直到此时，始知处境险恶。巨岩陡且圆，一旦攀附不住，毫无俗物滞碍，定让你得大自由，自由落体也似二三十米跌下石床，真个要一失足成千古恨了。

脱了鞋，脚有汗，尚涩。小心翼翼退回。复从较易的侧面攀到瀑顶。这里自然景更幽水更清了，洗涤一番，掬两捧崂山水喝了。展望上游，乱石重岗，草树荒凉，若非旅游车有时限，定要行去再说了。

登上清宫，零乱不堪，欲登栖霞洞，被人劝住。遂沿石阶路走。

崂山差不多是由乱石堆成的一座座山岗，乱石岗中，草木扶疏。山岩的纹路较黄山还清晰。不过岩态，特别峰形，远逊于黄山。据云崂顶高 1133 米，哪一座是，人莫之知。如此一座高山，耸在海沿，登览之胜，必出意料。可惜没有时间和体力去尝试。而且，人们说，那上面的军事要地，严禁进入的。

仍是那种晴而不朗的天气。海湾的波是绿色的，愈远愈淡直到水天一色的远方。云也是淡淡的，难同天色分开。差不多一切都融合在一起了，海、岛、云、天和人的心境，淡淡地，淡淡地。

21 日　12：23　崂山东望

崂山的题刻不多，但有太白的"我昔东海上，劳山餐紫霞"，读到"愿随先生天坛上，闲与仙人扫落花"，自叹弗如。毕竟江山数千年神秀，只孕育得一个太白，不是我辈三五十人中选得出的。

有一篇记，开篇云：山不险不奇，游不恶不快。诚哉是言。还有落始皇帝款的题刻，自然是后人杜撰，用的也是楷字。

下到下清宫，饮食后，参观三官殿、三皇殿、三清殿，庙宇虽小，结茅颇古，前二者始自西汉（彼时似尚无"三官""三皇"之称，回京后再查），后者建于唐朝。对诗人来说，佛也罢，道也罢，都是一样的，只要好山好水，供我游冶居留葬化，我们就入了佛性，归了大道。

14：05　劈石洞口

在青岛很难买到青岛啤酒。刚从上海来，觉得青岛简直没有商业，货物又少又贵，服务又笨又懒。青岛人长得不坏，打扮得也好，却总见出山东人那种愚憨气息，当然，经常傻得可爱。

昨晚回李宅，吃饺子，饭后同主人一家闲聊，很是亲睦和爱；

后来读妹妹买来的《视野》（西安），开首为《长安七日游》，实在写得还不如区区的游志哩。

今晨起来，姊弟要上班，先道别过了。始终觉得这对姐弟可爱得离奇，不像这时代这国度养得出来的。本拟上午到八大关耍半天，游游泳，但伯母说要同我谈天，伯父亦在侧。既蒙热情接待，理应割舍半天。谈得挺拉杂，但伯母很有些见识令人信服。午饭后二老送出来，提两个大包，抢时间再奔向海滨，最后看一眼懒洋洋的海面，看看细长的、整齐的浪，听听大海的温和的喧嚣，恋恋难舍，好一个大自然的情人。告别啦，心不暇给的一段日子；告别啦，青岛。好吧，让大自然的光华在人性中闪耀，在未来的诗篇中闪耀吧！

又开动啦，这回是向北京驶去——多奇异！

22日　13：36　车出青岛站

前向右侧临窗坐着。离开桂林后行程万里，却几乎不曾坐过火车了。窗外始终是平原，适于耕种而不适于观赏。思考着诗人和哲人的同异。

入夜，车厢里挤起来。一直睡不着。结束啦。这一番游荡，两个多月，跑了几十处地方，曾到过一次数次的，从不曾到过的，都是走车观花，不得其真。游历也像读书，不可只求其多，碰到胜地，就像读到名著，必得静下心来，细细求索体味。塔克吐的景色，不足成旅行者的胜地，住在那里数年，熟悉了每一座林子，每一座山丘，星沉日出，风起云涌，其中多少美色，只有乡居者能知。就像一个心爱的人，原无须西施王嫱，一颦一笑，自有粗心行人看不到的风情。

但像这样"匆匆把世界跑上一遭",自然也有它的乐趣和好处。天下的美色实多,虽不得尽览,难免愿意多看到一点。二三流的书籍,虽不值得细品,稍加浏览,也可广所识。何况一流的东西,说到底是从二三流中生长出来的。

那就不要责怪自己匆忙吧——火车、汽车、轮船、步行,始终在人生的旅途上行色匆匆。房舍、林莽、田野、河流和波浪,已经登览的和不曾登览的山峰,熟人的和陌生人的面孔,良好的和不佳的印象,不断向身后滑去。向小窗口扔进一角钱,一张什么票扔出来;递上一支烟,刚刚点着,就道声再见;刚刚绽开的笑容,应当澄清的措辞,正要展开的讨论,欲说还休的情意,即将发作的恼怒,稍纵即逝。生活变成了若断若续的卡通片。刚听到一句聪明话,又听到一句更聪明的,接着便淹没在一大团愚蠢的唠叨之中。教诲、询问、问候、祝愿,紧接着是道别。一分钟后,在人群中就认不出刚刚交换过姓名地址的新朋友;半小时内,足够让你处身在两种不同的方言之中。车入春城,衣襟犹带峨眉云;船泊金陵,还闻匡庐飞瀑声。

也许这就意味着常青的生活?出于人不断向陌生探求的本性?抑或宁愿匆忙生活而不愿深入生活的本性?是啊,我们怕高处太冷,深处太黑。我们宁愿在不深不浅处漫游。然而,这里一切都在流动,而终极和永恒,不是住在高处,就是藏在深处。

但为什么要永恒?流动又有什么不好?我们为什么一定要把生活点化成一尊不朽的、同时也不知其年轻不知其苍老的石雕?

不行,困了,想不动了。好在作哲学的日子还多着呢,那时再把这许许多多鲜活的印象塑造成形吧。

四点后,天开始亮了。西边,林木之外,残月半斜;东边,霞光渐明。好一个静谧清新的早晨!

不朽的京城正红日东升。

23 日　5:07

初 识 哲 学[1]

贺照田君邀我写一篇学术自述之类的东西。这个话头提起后，我动心琢磨了一阵。我才意识到，这很多年，我先后追随一条又一条思路，竟没有停下来回头看一眼行来的道路，我也才意识到，在自己的问学过程中，很少有走得对头的，多半都是教训。这些教训对后学也许不全无警示作用。再者，我们这一代的求学经历，和正常社会中的青少年很不一样，写出来，青年读者也许会觉得有点儿新鲜。这样想下来，最后答应了贺照田的请求。但写下的不是学术自述一类，是些拉拉杂杂的回忆，夹杂今天的反省。

拉拉杂杂写了很多，挑出一些段落，润色文句，联络成篇。我本着 bon fait[2] 记述往事，不过大概仍然难逃 biographical illusion[3]，我自认真我的，读者只当它个故事来听。

一座名山，有个和尚，带领一些工人，从山底修一条石路，经过几处好风景，一路修到山顶。我呢，没有踏出这样一条造福后人的路，只顾自在精神的林莽中游寻迷行了几十年。游乐之余，也曾

---

[1] 这篇文章最早是为萌萌写的，以"初识哲学"为题收在《泠风集》里面。后来应贺照田之邀扩写。

[2] bon fait，好好做，认真做。——编者

[3] biographical illusion，自传幻觉。——编者

在陡峭处做二三路标，在打滑处垫上几块石板，哪个后来人碰巧踏到这里，也许能获得些微帮助。但山大林深，我做过的那一点儿工作，散碎多半等不到为后人效力，先自被风风雨雨洗荡尽了。功效且不论吧，后面这些文字，有同样喜好在思想的林莽中游玩的孩子，或许会在其中听到带有回音的问候。

一

三夏时节，全校都组织到哪里收麦子去了，我和哥哥嘉曜在一间空荡荡的大教室里，各占一座大窗读书。我读的是周振甫的《诗词例话》，他读的是列宁的《唯物主义和经验批判主义》。那种书，在我脑子里混称为理论书或哲学书，我只能仰慕，自知读不懂。我那时好文学和科学。科学书，无论怎么艰难，只要一步一步跟下去，最后总能达到清晰的结论。诗赋文章，无论怎样高远幽深，总脱不了个人色彩，含含混混总能体会到一点什么。理论所关心的，却不是个人的喜怒哀乐，实际上，要上升为理论，就必须先从个人的喜怒哀乐跳出来，到达一个公共空间，以便放之四海而皆准。诗文里也会有平明吹笛大军行的大场面，但即使率领千军万马，表达的还是个人的感受。理论，即马恩列斯的著作，不仅天然带有领袖的恢宏眼界，而且能用客观的眼光来看待社会和世界。马克思就说，他不是从感情出发认定无产阶级必胜的，是理论把他带向了这个必然的结论。这一点是怎么做到的，我连想也没想，我只是明白自己不具有这种能力。

读书间歇，我走到嘉曜那边，拿起他的书翻一翻，果然一个字都读不懂。我像愚鲁未化的初民一样，对自己不懂的事物，怀有敬畏，嘉曜是我的导师，他读理论书，合是导师的标志之一。我的眼界始终囿于个人感受的狭小范围，无法进入公共领域，无缘于理论／政治，和嘉曜在一起，难免有一点自卑。

第二年秋收过后，在队部的大房子里，我和嘉曜面对面搓苞米。那时我们已经在内蒙突泉插队一年有零。一面搓苞米，一面说话，嘉曜问我什么是必然的什么是偶然的。我想了一会儿，回答说，事物发展的总趋势是必然的，具体发生的时间、地点、方式是偶然的，例如，无产阶级革命是必然的，但先在俄国发生后在中国发生，这是偶然的。我没正经读过一本哲学书，但不知从哪儿就想出或拣起这么个答案。所谓想了一会儿，就是斟酌一番，觉得这个答案满站得住的。但嘉曜马上就让我明白这不是一个成功的概括：如果我们对世界形势了解得更细更透，我们就会知道无产阶级革命既不会先在西欧发生，也不会先在中国发生，也就是说，无产阶级革命先在俄国发生绝不是偶然的，而是必然的。他同时还给我描绘了本世纪初的世界形势。我对那段历史只有模模糊糊的印象，对国际共运史更近乎一无所知，当然无法为自己刚才提出的定义辩护。而且我明白，这个实例的细节并不重要，一件初看起来偶然发生的事情，如果我们了解得更细更透，就会发现它实际上是必然发生的，这个道理本身足够明显。于是我尝试别的答案：本质是必然的，现象是偶然的，等等。嘉曜对我的每一个新定义反驳如仪。最后，我承认解题失败，让嘉曜公布答案。

"我没有答案，所以才问你，和你一起探讨。"

"那马克思他们是怎么定义的呢?"

"马恩列也有各式各样的说法,跟你刚才说过的那些差不多。"

我目瞪口呆。这么基本的问题,人类一定已经问了几千年了,这几千年里出了不知多少智者,不可能还没发现答案;即使前人因为基本立场的错误找不到答案,马恩列也一定提供了答案。在我认识的人里,嘉曜之为理论家当然无人望其项背,但总不至于能和马克思争论吧。而且,我胡想乱猜,怎么会猜到这些理论伟人的答案上呢?

收工回到青年点,我立刻请嘉曜找出马恩列的相关论述。这些理论话读起来没什么把握,但大意当真和我的胡乱议论相仿。拿出艾思奇的《辩证唯物主义和历史唯物主义》,这是用教科书方式写的,引起误解的余地较小,但书中对必然性偶然性的定义十分粗陋,这样的定义一下子就会被嘉曜驳倒。我跳开那一节,前前后后又读了几节,大出所料,其中的议论,多半都是些虚张声势的教条,经不起哪怕最轻微的推敲。难道这就是成千上万理论工作者的教科书?也保不齐,中国那些所谓理论家,都是些教条主义的宣传家,没有什么真正的思想。还是拿原装的来。于是翻开阿历山大罗夫主编的《辩证唯物主义》来,没想到,这书和艾思奇一样空洞浅陋,只是口气更加武断、文风更加恶劣。"某一规律所表现的相互联系的特点就是这种相互联系所固有的必然性。"……例如,四季的交替是必然地发生的……秋去冬来,这是必然的。但在什么时候,究竟在哪一天下第一场雪,这是偶然的。"马列院士们的水平竟不过如此!

这些专家权威的愚蠢刺激起青年人的虚荣和自负,我开始有胆量来阅读理论著作了，一面挑拣教科书里自相矛盾的论断荒诞不经的推理，以为乐事，一面尝试自己来澄清各种哲学概念。不知不觉间对概念式的思考产生了浓厚的兴趣。接触哲学之前，我像其他少年一样，也感悟，也思考，思考人生、艺术、政治、生与死。哲学添加了什么呢？我愿说，带来了思考形式的某种变化，就是对思考所借的概念本身的注意。思考以多少有点不同的方式展开、表述。学哲学后思考得更深吗？我得考虑考虑——我们怎样判断思考的深浅？也许正是诸如此类的问题导向了哲学思考。这种新形式有必要吗？在大尺度上，我看不出哪些东西是必要的，有意思的是：它出现了。任何思考都免不了会时而对概念本身作反省，但思考者不一定掌握这一层思考的特殊之处。一群孩子玩球，玩得很起劲，后来发明出一些规则，变成了篮球运动、足球运动。我们通常会拿这场球赛和另一场球赛比较，很少会谈到一场篮球赛同一群孩子玩球之间的同异。

我们兄弟三人在一处插队。嘉明好科学，亦有语言文字上的天赋，同时是个很能干的人。像很多高智商的实干人物一样，他是个坚定的反智主义者。他从炕上捡起列宁的《哲学笔记》，读了半个钟头，断定书里都是些毫无意义的词句，贤弟嘉曜者流，每日口诵不知所云的符咒，自欺欺人。争端顿起。嘉明想出一个测试的办法：他念一段列宁所引黑格尔的语录，由嘉曜从列宁的立场来作评注，既然黑格尔的话毫无意义，列宁蒙着作注，嘉曜也蒙着作评，两份评注不可能每次都一致。测试开始，嘉明嘉曜各有支持者观战。我为嘉曜捏了把汗。天下有两种人，一种人碰到自己不懂的东西,第一感是归咎自己学浅无知,另一种人则认为是那东西无意义。我属于前一种。我相信真正的哲学不是胡言乱语,但另一方面,很多段落的确玄妙莫测,难辨其真义,嘉曜虽比我强得多,但恐怕也难处处读得清楚。

测试一段一段进行。嘉曜果然不凡,他的评注竟无一不中。这些古怪的字句居然有可辨认的意义,居然有对错之分。嘉明仍然深表怀疑,他估计是嘉曜把这本书读得很熟,所以能够记起列宁是怎么评注的。

在嘉曜四周聚集起一群爱好哲学的青年。我们在地头"歇气儿"的时候捧读大部头的著作,夜里为一个抽象概念争得天昏地暗,直到天亮。那是个黑暗的年代,不过,只要别严酷到奥斯维辛那么严酷,人们,特别是青年人,总会发明许多快乐,包括思辨的快乐。不过,回过头来看,嘉明的怀疑还是很有道理,所谓哲学争论,大多淹没在隆隆的概念空转之中。

哲学的确有点怪。哲学用日常语言探讨日常困惑背后的困惑。和物理学不同,我们看不懂量子力学,并不责怪它写得不好懂,我们承认那些概念和表述需要特殊的训练才能懂。另一方面,日常交谈一般不难懂,谈话在直接可感的语境里进行。哲学两头不沾,既不是由严格的推论组成,也不像日常交谈那样紧贴着语境,明明看着都是眼熟的字,却在述说非潜心思索不能通解的道理。看着这些字觉得眼熟,所以读者觉得无需特殊训练,所以读不懂时难免怀疑是作者瞎扯。这还是轻松无害的一面——无非是很多人不入此道罢了。更糟糕的是,既然哲学探索允许甚至要求日常概念展示出它平常不为人留意的维度,既然哲学推论不是严格的数理推论,于是哲学似乎预留了过分广阔的空间，容得很多貌似哲学的论述，其中的语词可以随便意指任何东西，其中的推论天马行空，作者自己读起来，思绪万千，直达宇宙的核心，人心的底层，别人读来，那些概念不知所云，那些推论说它通说它不通都无所谓，总之，只是从一些语词转到另一些语词，不曾让我们对世界和人性增加丝毫洞见。作者有真实的疑惑，诚实并且用功，然而，就像个悖论似的，他们的哲学表述仍然毫无意义。从技术上说，他们缺少形式化的训练，从品格上说，他们还欠缺一种智性上的诚实。这种智性上的诚实，我以为，我们中国人明显不如西方人。中国学子格外容易陷入概念骗局，还有一个缘故：现在的哲学概念多半是从西文翻译过来的，这些词在西文里和日常用语有比较紧密的联系，经过一道翻译以后，含义就变得飘忽不定。

我自己从一开始就不完全是那样不着四六，这大概和我酷爱中国语文有关。而且，有嘉明这样高智商的常识主义者在侧，你无法完全云山雾罩，你会努力寻求最低限度的清晰，你必须在常识的平面上也具备相当的力量。但即使如此，大概有六七年时间，我也在相当的程度上是糊里糊涂地哲学化，从黑格尔、康德的中译本上学来的那些语词、句式，似乎有一种神奇的力量，可以承载青春的心灵赋予它的任何意义，如此这般变换一下排列组合，就像变戏法一样，立刻可以意味最深刻的理解。后来八十年代初，青年知识界开始了解海德格尔，朱正琳曾经这样说：只要一听到"在"、听到"在的澄明"，眼睛就眯起来，摇头晃脑，仿佛参透了人生三昧。

这种自以为得道的感觉，在1973年读黑格尔《法哲学原理》开始得到纠正。比较起《逻辑学》，这本书有比较坚实的现实感。再后，开始大量阅读詹姆士和杜威的时候，原来那些比较空洞的哲学概念才逐步和日常意义融会起来。

话说回1969年深冬，我和嘉明回到北京。各地的插队青年很多在这个季节回京，多数家长散在全国各地的干校，北京成了青年人放浪形骸的乐园和战场。豪饮狂歌，打架偷抢，男欢女爱，诗词唱和，贝多芬、黑格尔、爱因斯坦，为的是解闷、显摆，涌动的是爱和渴求。每天有旧雨新交来访，半夜归家，屋里烟雾缭绕，烟雾里十几个二十几个男女，互相之间有熟识的，有不相识的，一圈打桥牌的，一圈下围棋的，一角里喝啤酒听《天鹅湖》，忽然爆发出一场关于中国前途的激烈论战。见主人回来，有抬手打个招呼的，有眼皮都不抬一下的。

我是这种混乱生活中的一员。不过，在我，无论用什么编织生活，最粗的一维总是阅读和写作。清晨，有的客人散了，有的横七竖八睡了，我就开始工作。这种混乱而兴奋的生活突然中断，我和两个朋友因事被关了起来。白天都是体力劳动，干得最多的是挖防空洞，那时候正是备战备荒的高潮。刚进去的时候，"师傅"们很严厉，也挨过他们的木棒，相处久了，发现他们中间颇有几个善人，包括曾用木棒狠狠打过我背部臀部的那一个。他在分工时总把我单独派到一个洞里去，点一根烟塞给我，叫我不要玩命干，年轻人腰骨嫩。

在转不开身的洞里，用镐头猛刨一阵，用小铲装了筐，把土石拉到竖坑底，看看堆得多了，就爬回洞深处，继续前一夜躺在板铺上的思考。那是深冬，洞深处比洞口暖和得多。

经过日日夜夜的思考，我达到了绝对必然性的结论。不必复述当时考虑到的方方面面，其大概如下：每个事件都由无数细小的原因合作促成，这些原因中的每一个，又由无数其他原因促成，如此递推以致无穷，那么，所有事情都已经由诸多前件决定好了。整个宇宙是一个由必然性编织而成的巨大网络，我们的愿望和决定也都编织在这个网罗之中，我们以为自己在愿望，在做出决定，但愿望这个而不是那个，决定这样作而不那样作，这一切早已先于我们被决定好了。这是一个"绝对必然性的世界"，单纯而冰冷。这幅图画本来是显而易见的，人们之所以看不见这样简单的真理，不是因为不够聪明，而是因为缺乏勇气，人们不敢直面铁一样的必然世界，总想通过辩证法这类魔术为偶然和自由意志留出空间，使这个生硬的世界看上去软化一点。

在防空洞里的冥思苦想并没有对哲学做出任何贡献。"一饮一啄莫非前定"这样的俗语说的不就是这个吗？我以为自己不只是重复这种通俗的见识，而是在本体论上提供了一幅整体宇宙的画面。即使如此，这一伟大真理也早就由拉普拉斯和无数前人宣告过了。但是，这一切都不妨碍我觉得自己在心理上经历了一个深刻的转变。我不再缠缠绵绵地希望获释，回到外面那个有声有色的世界。我关进来，是先在事件的一个必然结果，何时获释，自在冥冥中注定，我们所需要的是能够承受这铁一样必然世界的铁一样坚硬的性情。

重获自由，是一个阴冷冷的上午，走在街上，同伴陈真极为兴奋，而我却几乎冷漠地对待这一切，陈真为此很感奇怪。我当时真的心中冷漠，还是只不过相信自己应该冷漠处之，现在我已经说不清了，也许当时已无法分辨。不过，那个坚冷的年代，的确要求心里有某种坚冷的东西和它对抗。

二

初到农村的那几年里,生活很艰苦,最苦的时候,连续多少天,没有一点儿油水蔬菜,就用辣椒粉干烤大葱下棒茬饭。士志于道,恶衣恶食没什么感觉。白天干农活时在地头读书,晚上更是在油灯下读书。用当时的话说,我和嘉曜把"生命的理由奠立在铁一般的学习之上"。身边的人,在我和嘉曜的带动下,也加入了读书学习的行列,参与讨论、争论。一开始,很多时间用来钻研马恩列的"经典",马克思的《资本论》,恩格斯的《自然辩证法》,列宁的《唯物主义与经验批判主义》,那个时候在读书人眼里都是经典的经典。1970年5月开始读黑格尔的《小逻辑》,这是第一次读到"纯哲学"著作,第一遍就整整读了一个月,以后几年又读过两三遍。最早读到的还有黑格尔的《哲学史讲演录》。此后,凡能到手的哲学书无所不读:狄德罗、休谟、培根、孟德斯鸠、亚里士多德,朱光潜译的《柏拉图文艺对话集》。同时继续读马恩列、普列汉诺夫之属。那时找得到的书少,尤其是外国人写的书,能到手的都读,陀思妥耶夫斯基、托尔斯泰、歌德、莎士比亚。说不上哪一本对熏陶精神最有价值,但我愿提到歌德的《浮士德》,这部诗剧是古典全盛时期的巅峰之作,多方面结晶了西方文明,充满了开明精神,却不像很多启蒙时期作品那样武断,自青少年以来,这部诗剧就成了我灵魂中一个不可分割的部分。

我和嘉曜两个,我比较偏于认识-逻辑这一方面,他比较偏于社会-历史方面。此外,中国的古书、诗词歌赋,他一向不大问津,我则一直喜欢,《论语》《庄子》《老子》《史记》,几回回读仍不愿释手。虽然那时认为中国古代思想家的深度和系统性远不及西方思想家,但这些书读得早,又是自家文字,对性情和学问境界的陶养,其实深过西方著作。宋明理学家虽然也读一些,却不大喜欢,一个个恬然得道的模样,天下再无可疑可惑之事。

1971年夏天,同伴们或当兵,或招工,或上师专、当职业运动员,青年点只剩下嘉曜和我,和别的青年点也越来越少来往。我们两个,除了看青这类活计,很少出工了,只是夜以继日地读书、思考。麦子熟了,我看麦地,轰麻雀,手里拿着一本俄语辞典走在麦地里,走在天光云影之下,口中念念有词地背着单词。

小小一只井蛙,哪晓得天高地厚?那时候的计划是把天下的知识都学到手里。按照我当时所知的学习心理学,我这样安排一天的时间——

早上,俄语。因为早上记忆力最好。

上午,自然科学,包括数学、物理、化学、生理学、生物学、心理学、天文学、语言学。

下午,历史、经济学。

晚上,哲学。因为在晚间思考最活跃。

我天生好学,而且心怀大志。巴尔扎克说,凡有为的青年,二三十岁时都用过一番苦功。何为有为,何为大志?在当时,读书的热情是和"政治抱负"结合在一起的。天下倒错,必有翻天覆地之日,要在这个政治大变动中有所作为,就需积攒才能。当时有很多志向远大的青年，其中很多投身于现实，在农村、工厂展现才能，得到提拔。我们从根本上反对当时的体制，绝不肯与现实同流合污，于是只剩下一条路：读书。用当时引的一句词说：金箱玉印自携将，任他乱芬芳。金箱玉印，指的是古今圣贤的思想。

"政治抱负"在那个泛政治的时代有着含糊不定的广泛意义，在那个泛政治的时代，提拔为小队长或车间主任主要是一项政治任命，依赖于政治表现，听古典音乐、读外国书或古书，则是不革命甚至反革命的征兆。一切作为和抱负都带有政治色彩，更不用说研读哲学了。直到前几年，交谈中听到我教哲学，还有人顺口应道：吁，搞政治的。这话就是从三四十年前来的。

当真说到政治，我们大致有这样一些看法：资本主义是没落的社会形态，将被社会主义和共产主义战胜、取代。"文革"前的中国，虽然走了很多弯路，但总体上统领着社会主义阵营，是对抗美帝国主义和苏联修正主义的大本营，是历史发展的前途和希望。文革把中国引向政治黑暗。一旦时机成熟，我们这一代年轻人将起而推翻江青一伙文革派的统治，让中国重新肩负起自己的历史使命，引领世界人民走向共产主义。

这些观念互相之间不协调，有些信念有点儿古怪，例如，我们那时对三年饥荒时期发生的灾难已有相当的了解，对反右、反右倾等运动有相当的批判，但我们仍然相信"十七年"本质上是正确的。例如，我们对西方世界已有相当了解，对那里的自由民主和高科技充满向往，但我们仍然相信世界的希望落在中国。1969年夏天，我们几个人躺在房前宽敞的场地上，用小收音机收听苏联的对华广播，听到美国阿波罗号登月的消息。我们头顶上就是皎洁的月亮，是嫦娥和吴刚的月宫,现在那里降下了钢铁的机器,踏上了人类的脚印。那时我们对历史进步观没有任何怀疑,对技术进步抱持百分之百的信心,我们把登月听作不带阴影的人类壮举。我们知道在技术进步的道路上,中国落后于美国和苏联至少几十年,但我们仍然相信社会主义中国曾经并且马上又将引领世界历史的发展。

稍加分析就能看到,这些想法夹杂着两套内容,一套是从小被教会的社会发展史,另一套是对现实的体认。

思想要求信念与现实相协调。当时努力思考,得出一种大见解:发达国家通过压榨殖民地人民,不仅积攒了财富,同时也减轻了对国内工人阶级的压迫和剥削,把阶级矛盾转化成了民族矛盾,从而在国内能够施行一定程度的民主,能够发展科技;所以,要实现共产主义革命,唯一的途径是加紧反殖民主义的斗争。资本家无法从殖民地获得足够的剩余利润,就不得不加紧剥削本国的工人阶级,激化本国的阶级斗争并最终导致自己的灭亡。要成功地战胜殖民主义,首先要把社会主义大本营中国建设成一个政治上、经济上、军事上的强国。马克思主义的社会发展史观和强国梦合为一体。在塞北农村榜大地,心里念着世界革命,那份热情颇为可嘉;但这种凭一二未经考察的理论三五残乱的资料就得出世界大规律的做法,其为治学,可笑自明。

要经过好几年,这些观念才逐渐改变、修正、调整,最后形成一个相对合理的整体。但按照我现在的看法,总体的社会历史观念体系,不可能是一个环环自相紧扣又环环与事实相扣的完全协调的体系。就此而言,当时我们意识不到自己的政治观念相当芜杂,包含相当明显的矛盾,并不是不可思议的。这些不协调的观念当时是一个含含糊糊的整体。观念体系的严整只能相对而言。我甚至想说，一些观念事实上的共存就是它们成其为整体的证据。只有当我们产生或接受了某种新的见识，承认了某些新的理据，原有的观念体系才显出凌乱矛盾。这和形式论证是不一样的。在数学中，我们很少引入新的概念和新的论证方法，因此，论证的理据看起来像是外在于论证过程的。在数理范围内，我们公认理据的范围和理据的条款，由此可以明确地判定某些证明为对某些证明为错。然而，越到观念的深处，论证的理据就越发内在于论证过程本身，我们接受何种理据，在极大程度上依赖于我们持有何种观念，受到具体精神诉求的制约，而且，为信念提供理据的方式极为繁复多样，离开证明越来越远，直至很少有明确的证明过程，而更多是一种影响。在观念深处，我们较少谈论对错，更多谈论不同、差异，更多谈论深度和道性。

我们的"政治抱负"是坐落在这样一种社会历史观中的抱负，观念体系是芜杂的，坐落在其中的政治抱负难免也含含糊糊。就我个人，所谓政治抱负，其中有一大堆是打小从古书里汲取来的建功立业之念。男儿天生是来治国平天下的，用什么治国，把天下平成何种模样，似乎无须多问，反正做一番轰轰烈烈的事业，是肯定的。当然，在塞北的一个角落里运粪除草不像是什么轰轰烈烈的事业，但姜太公当年不也就钓钓鱼吗？但韩信不还向人家漂母讨饭吃吗？重要的是长本事，为建功立业的那一天做好准备。而长本事，按照寒窗十载然后出将入相的模式，主要是靠读书学习。也不知孟夫子说的有没有统计学上的证据，反正口中念念有词：天将降大任于斯人也。1969 年的一阕《水调歌头》，大致写下了当时的心态。

水调歌头
——送嘉曜返京

荒岭连天际，
四野走狂风。
乘风万里南去，
挥手送飞蓬。
我处洮河地远，
兄住九衢星近，
谈笑自相通。
弹得高山曲，
会与子期逢。

西湖水，
天山雪，
桂林峰。
涛来浪去，
留得几个是真雄？
漫道青门瓜老，
坐待风云际会，
万卷贮胸中。
昊天有成命，
莫叹物华空。

现在回过头来想，如果狭义地理解政治，我从来没有过认真的政治抱负，当时所谓政治抱负，更多是年轻人对现实的不满与古书里帝王将相的抱负杂烩在一起。可读书和"政治抱负"的结合对我此后的读书生涯确乎有某种影响。无论如何，和这种"政治抱负"相应，读书的内容从诗词歌赋偏向于历史、政治、哲学，同时，读书不再只是个人的修身养性，悠哉闲哉，而被视作一项事业，应当夜以继日，应当严格计划。读书成了一项"事业"，虽不是狭义的功利之事，却在广义上有点儿功利，不像小时候那样主要是自得其乐。我肯定受益于自己的学习习惯，但越往后，我就越经常羡慕自得其乐的读书。

三

不管那时的思想学问多幼稚，政治见解是否完整，但那时的哲学思考与政治见解的确是完全混在一起的，我们讨论黑格尔的形式/内容，讨论康德的经验/先验，同时就在讨论"文革"的性质，革命的可能性，人类的未来。在嘉曜的引领下，我们早就否定了"文革"、林彪、江青一伙。

这些，说起来是任何一个有理智的人都可能达到的结论，然而在那个时候，人海茫茫，谁敢做如此想？这是我们的秘密，足够杀头的秘密。这些想法只在嘉曜、我、阿晖、陈真之间交流。我们感到自己被真理的孤独光芒照耀着，同时也格外深刻地感受到时代的愚昧，感受到现实的苦难与压迫，强烈地需要同气相求。我清楚地记得，那年夏末，我和嘉曜到南天门去看于洋，别人大概都下地了，房子里只有我们三个人，于洋坐在铺着羊皮的简陋的座山雕椅上，嘉曜坐在他对面，慷慨陈词，从一个崭新的角度重述鼎革以后的中国进程。于洋一开始大为吃惊，起而为毛辩护，时不时打断嘉曜，提出反驳和质疑，但后来的两个小时，于洋一语不发。滔滔的话语停止，房间里奇怪地寂静。于洋沉默了很久，没表示赞同与否，只说：你们要非常非常当心，绝不要对别人讲这些，包括我们最亲近的朋友。

知识和思考似乎把我们带向了真理，同时，为了追寻真理，我们远离了人群。但高远时代的伟大思想赋予我们极其强大的精神力量，我们几乎是在享受这种充满自信的光荣孤立。

十月下旬，亲友来信告知，林彪摔死在蒙古。这是个惊雷般的喜讯。陈真在一封狂喜的来信里庆贺我们的先知般的眼光。几个跟我们亲近的年轻农民多多少少了解并同情我们的政治倾向，也和我们一道庆贺。今天生活在正常社会中的青年已经完全无法体会那种狂喜了，无法体会那时的政治事件与个人生活的直接联系。

不过，政治上的松动还是一点点来了。1971年冬天回到北京，一点点感受到了变化。从1966年开始，十年后，1976年毛去世，在这十年里，政治高压有起有伏，波动最大的一次是1972年。林彪死后，政治高压逐渐有了相当的松动，北京城里的红海洋被擦去了一大半，商店挂出了招牌，有的是卖衣服的，有的是卖钟表的，不像从前那样一律涂成红色，都像是卖毛主席像的。商店我们很少进去，对我们来说，重要的变化出现在书店。西单有一家中国书店，后堂是卖旧书的，1972年初，这里出现了不少好书。一个小门通进后堂，门口坐一个店员，查介绍信，什么介绍信都行，只要有个单位公章盖在纸上。我们拿了介绍信，进到里面，看到了俄文的《托尔斯泰全集》《陀思妥耶夫斯基全集》，德文的《歌德文集》《席勒文集》，英文的诸种世界文学名著。我们是些穷插队生，但是再穷也得把这些书买下来。早就听说陀思妥耶夫斯基的《群魔》是对社会主义思想的尖锐批判，没有中译本，现在我们有了俄文原本。歌德、席勒、康德、黑格尔买到手里，但我们不懂德文，只能看看书的装帧。那就学德文吧。德国有那么多思想，要真切了解这些思想，早晚德文是必须学会的。

俄文学了一年多，可以读些小册子了。1972年初开始学德文。唐大威此前已经开始学习德文，帮我买了四册外语学院编写的德文教材，一本德文辞典，一本德文语法。我仍用老办法，一天学一两课的内容，每一册学完复习一遍，此外，每天背五十个单词，学几节语法。将近半年，学完了四册德文教材，没有教材了，只好搬出歌德、席勒、茨威格的原著来读，每行查好几个单词，一句话琢磨好久，几个月以后，勉勉强强能够阅读原著了。第一本读完的德文书是茨威格的小说选。

在农村多半啃大部头。北京书多书杂，书读得多而快，常常日读一种。社会上松动了一些，有些从前不知道的或知道了见不到的书流传开来。很少有谁据有大量书籍，多数书借来传去，为了多读几本，不得不加快读书速度。借到《赫鲁晓夫回忆录》，上下册，只能在手里放两天，于是嘉曜读上册，我读下册，面对面各自坐在自己的单人床上，昼夜不息，读完一册之后再交换读另一册。爱伦堡的《人、岁月、生活》，引着涉世无深的我们一起发出沧桑之叹。第一次接触到现代小说,《苏联中短篇小说选》,阿克肖诺夫的《带星星的火车票》,塞林格的《麦田的守望者》,这些当代小说带来了一种新的气质,也教给了从前不知道的写法。读了《伊万·杰尼索维奇的一天》,那时不知索尔仁尼琴何许人也,放下书就对嘉曜说,这本书应该得诺贝尔奖。

《赫鲁晓夫回忆录》、德热拉斯的《新阶级》、《同斯大林的谈话》这些批判斯大林主义的书支持、加深了我们对专制主义的批判。几年以来,伟大的西方作品,从希腊悲剧到莫扎特、贝多芬,从柏拉图到达尔文、柏格森,向我们展开了比较完整的西方文明史。当人类文明的全貌逐渐展开,我们已无可能继续认为马克思和列宁是世界文明的顶峰——马克思是伟大思想家中的一个,而不再是 the philosopher①,已无可能继续认为中国是世界的中心和未来。我们从小被灌输的观念处处被割破,然后逐渐结痂,一一脱落。我们从身体血肉感受到观念世界的勃勃新生。

有一段时间,我和嘉曜都在读康德,他读《纯粹理性批判》,我读《实践理性批判》,两人共用一个书桌,相对而坐,研读每至深夜。读到好处,忍不住要惊动对方,念出几句精彩的,或者发挥一段自己的心得。就在这段时间里,我和嘉曜都觉得在哲学上有巨大突破。嘉曜当时关心的是什么问题,我现在记不起来了,只记得我是在思考自由意志的问题。决定论和自由意志的矛盾长期困扰我。通过阅读康德,我觉得终于解决了这个问题。连续几夜和嘉曜在康德的思想基础上进行密集的探讨,我们大致得到了这样的结论:世

---

① the philosopher,唯一的哲学家。——编者

界本来是决定论的,但人的自我意识改变了这种状况。自我意识中断了原有的因果链,开启了新的因果链,无论从内部体会还是从外部观察,自由意志都是一道界线,这条界线两边的两个因果序列是不连贯的。因此,人的行为不是由物理原因所决定的。这个梗概下面,有多方面的细密论证。

围绕着这个核心思想,其他许多观念组织起来。人的本质是自由,现实世界是人的自由意志展现自身的舞台,对人的志趣没有内在的约束力。同时,由于人在本质上是自由的,人对自己的行为就负有不可推诿的责任。谁都不能用政治环境的险恶来为自己顺从当权者提供辩护。人的自由生存是对自身本质的回归,历史发展以所有人达乎自由为鹄的,而我们身处其中的政治权力以压制人的自由为基本特征,与人类的发展目标正相反对。反对这个政权,推翻这个政权,是每一个自由之友的天然使命。伸张自由,从根本上说,不在于物质环境的改变,而在于心智的启蒙。我们是先知先觉者,负有这种启蒙的责任,我们从哲学思考获得的结论,同时就是行动的指南。

我早已离开了当时的思路来思考自由意志的问题,对其他各种问题的看法也多有改变。现在回顾,当时的思想和论证都很幼稚。我无法不认为,今天的见解远为正确、远为适当,今天的论证要严密得多、可靠得多。那么,当时的思考是不是一种幻觉呢?那么,后之视今,会不会觉得今天的思考也是一种幻觉呢?

我想不是。而且,这样来表述思想发展也许太轻率了。哲学是精神的逻辑化,有点儿像处在生存思想与数学之间。精神的发展始终包含内在的矛盾，就此而言，任何哲学思考都不可能提供终极结论，任何论证都可能由于新的知识而不再有效，或由于信念的改变而不再充分。尽管如此，思想仍有成熟与否之别，就像网球爱好者的球技各有高低，球技又没有上限，但仍可以大致划出一条界线，有些人入了门，有些没有入门。

尽管幼稚，或正因为幼稚，却已开始著述。我早在1970年夏天就开始写两部"哲学著作"，一部叫作《逻辑学纲要》，另一部叫作《哲学史名词鉴》。《哲学史名词鉴》其实只是当时那点儿可怜的中外思想史知识的一个摘要，夹杂自己的评论。《逻辑学纲要》断断续续，起先没写出什么，1971年5月又拾起来，用了两个月功写成了，分成印象论（感觉论）、现实论、真理论，显然套用了黑格尔逻辑学的框架。

1971年冬天，又开始写一部新的，书名：《院士哲学批判》，靶子：苏联科学院院士亚力山大罗夫的《辩证唯物主义》和中央党校艾思奇的《辩证唯物主义和历史唯物主义》。年轻人胆子大，幸亏所选的对手不堪一击。那些哲学教科书里到处是空洞、逻辑上的混乱，到处违背常理、歪曲自然科学的成果，何况，都是用最让人厌恶的党八股调写成。我曾熟读鲁迅，学了点讽刺挖苦的本事，这下有了施展身手的对象。亚历山大里亚院士的绝伦荒谬，挑出来了很多。例如，亚力山大罗夫院士主张，规律是必然的，现象是偶然的，然而，现象既然是规律相交产生出来的，规律既为必然，那么它们的相交不也成了必然吗？现象之为必然，就与规律之为必然相同。例如，亚院士主张，"水果"这个概念是思维对各种水果的共同本质的抽象，在客观世界里是找不到水果的。我就问：如果思维是对客观世界的反映，那我们怎么会反映出在客观世界里找不到的东西呢？

　　写了洋洋数万言，其中自然找不到任何哲学建树，但也不是一味弄聪明，其中有很多认真的思考。那时注意到的问题，有些成了以后几十年不断思考的一些主题。还以水果为例。如果水果只是一种抽象，那么苹果和樱桃不也是些抽象吗？客观世界里没有水果，同样也没有苹果樱桃。有的只是一个一个苹果樱桃。但单说一只苹果，此一时新鲜彼一时腐烂，苹果之为个体，不也是一种抽象吗？而且，若个体苹果是真实的，客观世界里有一个一个苹果，又怎么能说没有苹果呢？又如，如果现实中只有立体，点、线、面只是从立体抽象出来的概念，那为什么又可以把红、黄、绿认作是客观存在的呢？

　　我们所经历的，不是一个选择，而是一连串的克服。不像是在服装店挑衬衫，仿佛有一些不同的观念体系陈列在眼前，我们一一比较它们的优缺点，最后做出决定要这一个不要那一个。我们先就有了一套观念，这些观念以某些方式，包括以扭曲的方式，和我们的生存纠缠在一起，我们只能改变它们、克服它们，不可能一下子从它们整个跳开，所以，观念的改变会这样漫长而艰巨，而且永远受制于内在的矛盾。这个过程也许宜于用黑格尔所说的矛盾发展来描述。后来读到萨特的选择学说、蒯因的本体论相对性，我会立刻感到它们是些不可能真实的轻率之谈。

　　阅读、思考、交游、探讨、辩论，新思想似乎天天在涌现。我们有一种天眼洞开的贯通感，哲学思考、政治见解、人生态度，乃至于身周的人事，似乎无不在一种强大的精神感召下，围绕一些基本的哲学见解连成一个整体。

　　我们有表达思想成果的冲动，也有启蒙他人的使命。环境正好提供了这样的舞台。有一些同龄人环绕在我们周围，宋毓明、吴小祁、唐大威、连劭名，以及另外一些。启蒙就从身周开始，我们把新洞见讲给朋友听，向他们做出各种各样的论证，克服他们的各式各样的疑问。嘉曜一副导师爷的模样，居中端坐，以不容置疑的口吻，宣示各项真理，从此获得了"猴逸仙"的雅号，盖嘉曜诨号老猴，又有孙逸仙的领袖之态。我是辩论的好手，凡遇诘难，胡乱引用康德、黑格尔、马克思或古今中外的史实，若不能使疑惑烟消云散，也要让反对意见七零八落、溃不成军。嘉曜和我两个的学识和见识明显优越，朋友们从总体上认同我们的哲学思想和政治思想；首要的是，我们的精神追求鼓动了这些朋友，造就了一种生动而强烈的氛围。本来，二十啷当岁的青年们，爱欲丰盈，意气风发，何况，1972年的春天是一个美丽的春天，颐和园的明朗的春日，月坛公园入夜后杨树叶初生的芳香，楼顶大平台上的饮酒高歌。1972年春天，一伙青少年，日日往来，高谈阔论，周边人竟不大投来警惕的眼光。

四

　　1972年8月开始写一本更有把握的著作，《理性哲学》，直到翌年5月完成。工作得非常勤奋、认真、投入、艰巨。现在我已经不能理解当时怎么会有这样强烈的写作冲动，会为这本"书"倾注这么巨大的热情，对自己写下的东西那么重视。现在看来，那时还完全不懂哲学，完全不知道怎样用论理的语言来表达对生活和世界的理解，那时的感受虽然活跃、强烈，单说理解却还相当浅薄。

　　幸亏这些东西没有发表的机会。那时写作当然不是为了发表。别说哲学写作，当时所写的小说、诗歌、散文也都不是供发表用的，然而，那时热心写作的青年，其数量和热心不亚于随便谁随便写什么都要发表出来的今天。那时，写作似乎不是由目的引导的，而是由热情推动的，作品不构成文学史或任何史的一部分，作品是写作的一部分，写作是生活的一部分。那才真是"私人写作"呢。不过也不都是纯粹为自己写作，作品经常在小圈子里传阅。由于政治上的危险，圈子一般不太大，因此妨碍了作品的广泛交流和广泛批评，大多数写作停留在井蛙的水准上。我和我的友人们，尽我们所能，扩大自己的眼界。可是从今天的眼光来看，我们致命的弱点，是眼界太狭窄，太自以为是。那些大哲人毕竟离得太远，我们需要的，是身边有高人向我们指出，我们还哪儿都没到哪儿，我们写的哲学，是一笔糊涂账。那时有那么充沛的精力和旺盛的求知欲，如果那些时间都用来读书而不是写作那些空洞的哲学体系！

　　此后几十年，常有后学给我寄来一个又一个哲学体系，其中有些青年是诚恳的，我不得不诚恳相告，他们乐于思考，自是好事，但他们写的东西毫无价值。这难免会开罪年轻人。他们生活在一个远为开放的时代，只要他们愿意，他们可以看到任何东西，然而他们中有些人却仍然像我们当时那样自以为是，浪费宝贵的青春，让人惋惜。

　　1973年，政治上的松动气氛再度消失。朋友的小圈子也出现了一些裂痕。怀疑的暗雾渐渐取代了前一年的明朗气氛。事有凑巧，连所读的书都似乎体现了这种转变，1972年，嘉曜和我在康德的《实践理性批判》和《纯粹理性批判》用功最勤，1973年，我们在黑格尔的《法哲学原理》和《历史哲学》用功最勤。这两套书的对照，就像那两个年份心情的对照：《法哲学原理》和《历史哲学》那种老气横秋的现实主义，渐渐取代了康德的理想主义启蒙。

时代使然，我是从马克思、恩格斯、列宁、普列汉诺夫等人的著作开始读哲学的，往后开始读西方古典哲学，其中读得最多的是黑格尔：《小逻辑》《哲学史讲演录》《美学》《精神现象学》《历史哲学》《法哲学原理》。我的同龄人学哲学，多半都是这么个顺序。黑格尔是马克思的来源之一，从马克思回溯，第一就会碰上他；比较起马克思的另外一个哲学渊源费尔巴哈，黑格尔当然远为更富吸引力；此外，黑格尔的主要著作都已译成中文，便于系统阅读。也许还有一个因素增加了黑格尔的吸引力。黑格尔，尤其通过中译文，有一种奇特的调子，和平常读到的文字非常不同，显得非常"纯哲学"，往好里说，有种"陌生化"的效果，似乎一掌握那种语言，就入了哲学的堂奥，思考、写作就哲学兮兮的了。

当时读黑格尔，读康德，读得很认真。然而，回过头来看，当时读懂的很少。我甚至觉得，那些年的哲学阅读和思考，大一半是浪费。自己脑子里有一大堆错误的或浅薄的概念，整体的思辨水平太低，没有高师指点，不能从西方历史和西方思想史深入到这些哲学家的关切所在，而是用自己的概念框架去生硬理解他们。这些都是一般的原因。还有一个特别的原因：这些著作都是用中文读的，用汉语语词来理解、思考西方概念，这从根本上就走了大弯路，几乎无法避免望文生义。

二十啷当岁花了那么多时间读大部头的哲学，是我学习生涯的一个大错。柏拉图主张三十岁以后研读哲学，我从自己的经验教训深表赞成。青少年从学，应以实学为主，读一点儿哲学，更多当作精神陶养，大可不必深究义理。我一贯主张取消本科哲学，固然由我后来的教师经验验证，但这个想法实缘起于自己从学的教训。

对我日后哲学思考有益的，更多的倒来自另外两个方面。一是生活中的种种感悟。我和身边的人，经常灵魂相会，让我常有机会敏感人性深处的东西。二是广泛的知识积累。

当然，大部头的阅读不可能全无益处。义理虽然没有弄通，但还是受到了熏陶。当时一起读书的朋友，如宋毓明、唐大威，后来各奔东西，有一二十年不见或少见的，这一两年见到，说起来，宋毓明说，他后来在一个中等规模的厂子当厂长，多年工作，所据的优势主要是当时读哲学时体会出来的一些道理。唐大威几十年不读哲学，现在一开口还能大段背诵黑格尔《法哲学原理》的序言。他也认为这几十年一直受益于当时的熏陶。说起背诵，这也是一项益处。年轻时读书，读懂没读懂，很多内容是记下了，现在课堂上时不时引用黑格尔、康德，大一半是那时记下的。眼下有人在争论学童该不该读经，我的经验支持读经派，那些流传几千年的经典，管它懂不懂，先记在脑子里再说。

完成《理性哲学》之后，虽然还在继续哲学学习，但有较大一部分精力转回文学。1973年夏天在突泉写了几个短篇，一些小诗。

1974年一整年写小说，以六七年前的中篇小说《少年行》和长篇小说《玉渊潭畔》为底稿，写了一部四十万字的长篇小说《人生》。少年郎大概觉得，今后的人生不管它再拖几十年，总归不会有多少新花样了。现在回过头来想，当时的想法蛮对头，人到中年以后，自己就没什么生活了，主要是为人民服务。

1974年初，我开始跟阿晖学英文。有俄文和德文的基础，有老师，教材完备，英文学得甚是轻松愉快，每周只学一天，两三个月后，阅读水平超过了阿晖，半年后就能够读书了，接着尝试做点儿翻译，第一篇翻译的是篇电机工程方面的论文。此后零零星星从德文、英文做了些翻译，少数是别人约稿，拿出去发表的，多数是黑格尔、歌德、席勒一类，翻译了放在那里自己读或给朋友读的。

我这几门外语，都是哑巴外语。俄语和英语，咿咿呀呀，歪歪扭扭，还能说上几句。德语则一大半是根据书写的国际音标自定的发音，要有个发音，只是为了背单词，尽管除了自己没人听得懂我嘴里说出来的是哪个单词，一个一个单词也连不成句子。当时不以为意，远在塞北农村，方圆几百里大概也没一个会说德语的，就是在北京，我学会了口语又跟谁去说？再也没想过跑到外国去生活好多年。我学外语，完完全全是为了阅读。后来读到赵元任说，用哑巴方式学外语弊端多多，我从负面经验深表赞同。语言中自然的成分重于逻辑的成分，要把一门语言学地道，主要靠实践，而非死记硬背。我到底也没有能够地道掌握一门外语。此后虽然有机会正规学了一年德语，德语仍然不大会说，在美国住了多年，英语仍然说得难听。说得难听，就自卑，不大愿意开口，于是就失去了靠听、说得到提高的机会。不过，在这件事情上，主要不是我犯了错误，当时的确很难搜寻到从口语开始学习的机会。

五

1975年春,最后一次回到突泉。在突泉的最后的日子非常好过。剩下的知识青年已经不多了,多数在当地的学校任教,或受到其他优待。我们几个过得更是惬意。于洋成了当地的霸王式人物。在知识青年中,他早已是当然的领袖,两派马上要动手打起来,"我认识于洋","我也认识于洋",两派就可能握手言和。他和公社书记们,和县里的局长们称兄道弟,凭他在一张小纸头上写的几个字,前来求情的生产队长就可以从矿上拉出一两吨煤,矿长就可以从哪个生产队得到两百斤粉条。那是一个高度反商业的封闭社会,这个社会中的物质交流大多是通过人情实现的,人情由一些能人集中体现,于洋是能人中的翘楚。

于洋在公社高中教书,我在永长大队初中部教数理化。嘉曜已经办好了病退回京的手续,很长一段时间陪我留在农村。那时,办个什么手续回北京已经不是难事,但我更愿意留在农村。一两个人住着一溜房子,工作轻松愉快,完全不必为生计操心,和公社各个部门的关系都很好,大米、白面、食用油或其他稀缺物品按需而来,读书、写作、听音乐、在山丘上树林间漫步,羲皇上人。夜里偶尔寂寞,于洋来了,小提琴奏一曲 Sweet Home,谈谈拿破仑和丘吉尔,在砖砌的火炉上下一碗热腾腾的挂面。

于洋则更少办手续回北京的热情。后来,我和于洋还是决定回北京,一个重要的考虑是,毛泽东和周恩来不久于人世,中国势将发生剧变，我们一直在等待这变乱之局，一展身手。大展身手的舞台当然是北京。我们经常讨论时局，猜测变乱之局会怎样到来，我们该做些什么。大旨是把中国领向民主化和现代化的阳关大道，具体的计划不用细说了，事后看来都是些空想。

1976年1月8日，周恩来弃世，在严寒的塞北荒村，我们谈论着北京的新闻，数十万北京人顶着政治危险自发涌上街头为周恩来的灵柩送行，还有各种更其隐秘更其激奋的小道消息。一月底，大年三十，我和于洋回到北京。空气中都写着：危机已经成熟，剧变就在眼前。于洋此后回突泉一趟去办理女友庄平的回京手续，这一次他是四月五日回到北京的。我到北京站接上他，直接去了天安门，眼看着公安部的警车被推翻、烧毁，史称"四五事件"。

故国多事之岁。周恩来逝世、天安门事件、邓小平再度下台、朱德逝世、唐山大地震。人们，尤其青年人，尤其我们这些反对当时政治权力的青年人，日夜处在激奋的心情之中。我们几个满怀政治抱负，其实并无参与事变的机缘，只是像其他异议青年一样在广场上演讲，在纪念碑上贴小字报，在街头巷尾议论时政。在朋友圈子里，我主张保守的策略。我们的政治主张远比一般民众激进，远远不限于纪念周恩来、反对"四人帮"。这是长期的也是更危险的事业。鉴于此，我反对在群众运动中太过暴露自己。为嘉曜和小祁在广场上讲演，我严厉批评了他们。我的意见得到同意，但也引起了不快。

一方面是大事件接踵而至，另一方面是日常生活的沉闷。我们在农村没有生活压力，在北京则不同。嘉曜被远远分配到清河的一个工厂当下料工,劳动辛苦不说,每天上班就是从来没有过的。更为沮丧的是于洋,他在突泉叱咤风云,在北京是个胡同人流里的待业青年。要养活自己就得找工作,什么工作呢?在房管所烧锅炉,或者蹬平板车运送砖头泥灰。尽管我们意志坚强,扭转乾坤的雄心大志难免有点儿渺茫。北京那时只有两三家通宵不关门的小饭馆,里面只坐着我和于洋,服务员趴在桌上打呼噜,我们两个感叹着时事和人生,商量要不要"病退回农村"。在突泉的最后日子里,我过得平静而充实。回到北京,生活场景一变。狭小的居住空间,喧闹的街市,人来人往,男女朋友感情上的纠葛,人民意志或强或弱的表达之后的政治高压,社会环境变得更其压抑乃至恐怖。

我家住在一个五层筒子楼的顶层,五家人家,我家守在楼道一端,这一端的楼门封着。封闭时代的中国,院落和建筑物,多一半的门和通道是永远封闭着的,不知一开始为什么要造这些门,也不关心遇到火警怎么逃生。世上唯一重要的事情是防止阶级敌人钻空子。人们普遍缺乏自由意识,对这样的封闭习以为常。我们兄弟三个回北京以后,一家七个大成年人,要把我家三间屋子挤爆了。于是动手把走廊顶端隔离开来,做成一间小屋,此后数年,这五六平米就是我的书房兼卧室。要是有一天,书可以整整齐齐码在书架上,找一本书,不必趴到地上,从床底下拉出箱子,从箱底翻捡出来,工作起来效率多高!

学习工作间歇,一个人走在楼顶大平台上,忆古思今,真切感到变乱将至。两首小诗记录了这种感觉。

雷雨前登楼有感时事

阴久登高望，眼中多太平。
雷霆犹未起，黯黯古皇城。

1976 年 6 月

唐山大地震后作

石落星边雨，山埋地上魂。
天威今已见，数月乱中原。

1976 年 7 月

诗中所说的"星边雨"指的是不久前吉林见到的流星雨。我们估计，毛死后，将是"四人帮"掌政，各地各阶层将蜂起反叛，所以说数月乱中原。

我们期盼的大变局以我们未曾料到的方式发生了。"四人帮"被抓。消息立刻传布京城，朋友们欢聚小饭馆，举酒欢庆。今宵先喝他个尽醉方休，于是再呼流霞，重传觥筹。其时尚未公布"四人帮"被抓的消息，北京城的各种酒类却脱销了。

插队的、农场的、当兵的，纷纷重返北京，成家立业的前夜，朋友们的聚会简直无日无之。后来朱正琳说起那时年轻人重朋友，说是那时没事可干，没学可上，没钱可赚，可不只剩下呼朋唤友，旦夕相聚。另一个缘由和政治有关。那时比较"有思想"的青年，大一半是异议分子。话虽这么说,可真要有谁把你的言论报到公安或单位,是单位里批判还是抓进局子,都说不好。朋友圈子因此有了一层半政治团伙的色彩。北京人一向喜欢扎堆,那时候更是分成一圈一圈的,俗称圈子。我们也有一个边界模糊的圈子,来往最密的是嘉曜、于洋、吴小祁、宋毓明、唐大威,自称"六人帮",后来又加入了谷立冰等小几岁的朋友。

时局翻天覆地,令人心潮澎湃的事情此起彼伏。那时的政治大势和社会生活、个人生活密切交织,不由哪个不关心政治。皇城根下的青年人得风气之先,思想情绪尤为激动。我努力保持镇定,一再告诫自己要在天下滔滔之中坐定书桌。坐定谈何容易,只是勉力继续工作而已。这一段时间,学习没有主攻方向,手头也没有庞大的写作,这个月做这个,那个月做那个。

一块是做翻译。有些是别人托的,如《奥地利史》中的一些章节,《是马克思还是费尔巴哈?》;有的是自己喜欢,就动手翻译起来的,如马克思的《巴黎手稿》,黑格尔的《美学》(第二卷)。

另一块是摸索、尝试汉字拼音化。随着对西方了解的增加,我越来越感到中国思想文化落后于西方,而汉字的缺陷是一个主要的原因,所以热心进行这项工作。这种看法和五四以后那些主张废除汉字的学者非常相似,的确,把我们这代学子渐渐聚拢的理念,像是在一个甲子的轮回之后重新开始五四学者的西化运动,后来有所谓八十年代新启蒙思潮一说,良有以也。我为设计汉字拼音化花费了不少心机。其实,前人早就设计过各种各样的汉字拼音化方案,我当时的工作很大一部分是由于无知而做的无用功。也许该说整件事情都是无用的,因为几年后我不再认为汉字应该拼音化。为了进行这项工作,我对一些汉字以及汉语语法做了一点儿研究,这是这段工作中没有浪费的部分。

再一块当然是读书。早几年学会用俄文、德文、英文读书,但自学的外语,从书本上而不是从生活中学会的,基础不牢,一段时间不读就忘了,于是像完成任务似的轮流读这三种文字的著作,或者做一点儿翻译,保持这几种外语倒像成了负担。不过,时间长了,终究一点儿一点儿熟练起来,外文原著读得越来越多。读原文著作的效果是完全不同的。如果是要通过阅读哲学来启发自己的灵感,只读译文也不妨,但要钻研一部著作,读原文是唯一的途径。而且,现代汉语的核心论理词如理性、科学、经验、宗教、文化,等等,多半是西文词的译名,不消说,只有通过西文词,才能进入概念分析的层面。

忘了怎么弄到了北京图书馆的借书证。那时,北京图书馆门可罗雀,尤其是外文书分部。像尼采等人的中译本,当时还是禁书,但外文原版是可以外借的。弗洛伊德干脆没什么译本。从前读到过弗洛伊德的一些二手材料,感到此公大有吸引力,现在借到他的《释梦》(*Traumdeutung*)来读,弄得我对释梦着了迷,每早醒来,都把夜里的梦回忆一番,然后试做解释,也经常打探朋友们的梦,套着弗洛伊德的理论加以解释,他们有时觉得解释得还怪有道理的。弗洛伊德还加深了我对整个心理学的兴趣,从前读的多是巴甫洛夫等苏联心理学家,这时开始攻读威廉·詹姆士、格式塔心理学、行为主义心理学。

尼采的书也敞开了一条新的地平线,在本来的眼界里,古典哲学之后的主流思想是马克思,现在了解到,尼采是从一个完全不同的方向上来批判古典哲学的，至少在直接观感上，比马克思更富现代精神。在有些标准看来，思想史是以马克思画线的，马克思之前是古典时期，虽然以马克思主义衡量，他们全是错的，但作为马克思的历史来源，古典思想是有意义的。马克思达到了真理，马克思之后的思想，要么是马克思的继承和发展，要么是反马克思主义的糟粕。当然，思想家没有哪个发展过马克思主义，只有成功的革命领袖才有资格申请这项专利。我和那时好学的其他青年一样，是从马恩列斯进入哲学的，然后进到马恩的一个"主要来源"黑格尔，从黑格尔再进到康德和整个西方"古典"哲学史。西方现代哲学那时较少流传，尼采、弗洛伊德、詹姆士、杜威、柏格森、罗素，我零零星星读过一些，起先并不十分在意；读得多了以后，慢慢体会到这些较近年代的思想家从整体上展现了一种不同的精神。他们的生活世界是我了解得相对比较真切的世界，他们的问题与我自己的问题贴得更近，我比较能够更贴切地感到他们的问题为何提出，能够把捉他们的表述和他们的世界经验之间的生动联系。在这种联系中来思考哲学，思考就比较实在。我相信，直到这个时候，在初识哲学六七年之后，我才开始贴切地进行哲学思考。尽管这个时期不是我系统阅读哲学最勤的时期，但可以说，正是在这个时期，我的哲学思考上了正道。

在这种新体会的激励之下，我又一次开始了哲学写作。随着对现代哲学的广泛阅读，随着原文著作的阅读，哲学思考变得贴切起来。同时就对自己从前的"哲学写作"更加不满。那是用从中译本中读到的、含义不清的大词写成的，这些词似乎是在表达我的哲学见解，这些哲学见解则来自我的生活经验，然而，那些语词和句式太含混太空洞，可以表达任何一种经验，也就是说，不表达任何经验。维果茨基从心理发生的角度判定，思维和语言一开始是各自独立发生的，后来才在很大程度上合二而一。这里不讨论这个观点的正误，但从这个角度来看待我的哲学学习倒挺合适。一边有活跃的感受、思考，一边学着用古典哲学的译文体来进行哲学思考，两者并没有融合为一，哲学概念不是从自己的思考中生长出来的，倒像是与这些思考并行的东西。

像从前一样，计划中的著作是本整体性的著作。第一步是澄清感觉、知觉、知道、理解、心灵、灵魂等基本概念的含义，同时梳理出它们之间的联系。这可以看作我最早进行的概念分析工作。由于当时事变频繁，兴趣驳杂，哲学写作断断续续、零零星星，此后，对哲学和概念分析工作的理解逐步加深，越发不敢指望在一夜之间建立一个体系，但这个整体性的工作却一直进行下去，直到今天。我把它称作我自己的 the book，人问起，我会回答，这本书写了三十年，眼下还未完成。

六

嘉曜当时在清河的一家工厂当下料工，于洋在一家房管所当运货工，我待业。二十五岁了，成天白吃父母的不是事儿，打算接受招工安排，到一家印刷厂去当排字工。就在这时，传出恢复高考的消息。

我为高考做了认真准备，但并不是指望上大学学到什么东西，大学只是比印刷厂更好的混日子的所在。我报考北京大学西语系德国语言文学专业,琢磨会德语的人少,没什么竞争。结果不是这么回事儿。考生中有一帮外语专科学校的德语毕业生,人家受过正正经经的训练,年龄又小。在外语专业,尤其是德语这样的小语种,我算大龄。更糟糕的是面试,召进考场,回答完 Wie geht es Ihnen①就张口结舌说不出整话来。我被要求出门等着。后来听说几位考官评议,这个学生笔试考了第一,却一句整话说不出来,笔试八成是请人代考的。幸亏他们最后还是决定让我继续面试,改用汉语盘问了一番,听了我自学德语的经历,代考的怀疑打消了,但还是犹豫要不要录取:老大不小的,口语还能不能学起来?一位韩姓教师力主收留:这个考生在农村吭吭哧哧自学,能够考成这样怪不容易的,将来说不定是咱们德语专业最好的学生呢。我就这样混入了北大。韩老师的期待没有实现,我的德语口语始终没有过关;不过我倒也不是成绩最差的学生。

进北大没几个星期,就传出恢复研究生的消息。我报考研究生,出于与学业全无关系的考虑:插队八年,我一直自己养活自己,如今一把年纪,不宜回过头来寄生于父母,研究生有三十几元的收入,够自己糊口了。

笔试顺利通过,面试再次出了麻烦。原说面试的内容是现代西方哲学,我自以为在这个领域,考生中没有哪个会比我知道得更多。谁知考官们一上来先问的是毛泽东《中国革命的策略》等文中关于矛盾、实践之类的论述。这些多年前也读过,这时候却糊里糊涂记不起什么了。后来听说考官们对我白痴般的样子颇感恼怒,根本没

---

① Wie geht es Ihnen,德语问候语,意为"您好吗?"——编者

心思再提问现代西方哲学。这一次是素未谋面的熊伟力主留我：学习外国哲学，外语极端重要，这个考生德文差不多考了满分，还会俄文和英文，弃之可惜，毕竟，矛盾、实践之类一两年就可以补上，几门外语却不是一两年就能学好的。

于是成了研究生。我已经混进大学了，考上考不上研究生无所谓，跟谁学更无所谓。我本来报考的是王永江的研究生，以苏联哲学为中心的当代马克思主义之类的方向。入学未久，王永江找我谈话。外哲所有几位老先生，是各自领域的专家，现在垂垂老矣，学问就要失传，他们学到的哲学，什么存在主义，什么逻辑实证主义，当然是些错误的哲学，但为了建设现代马克思主义，这些哲学我们还是应当了解的，失传了很可惜，为此，所里决定把你转到熊伟名下，跟他学存在主义。你不要有情绪，多学一点儿反面教材，同样是为建设马列主义做工作。我没情绪，也没觉得高兴。我对老先生并不比对中年先生更敬重，我读过一两篇熊伟批判存在主义的文章，同样是一套官家哲学的腔调。在谁名下，分配在哪个方向，对我毫无差别，我不是来跟谁学哲学的，大学提供的不是学问，而是容我继续自学的闲暇，再加个图书馆。

运命唯所遇，循环不可寻，我从来不大在意外部际遇的变化。其实，外部际遇在某种意义上有着重要的作用。如果我没考上大学，如果我没转到哲学专业，我今后几十年的工作重心就可能有很大不同。在读研究生之前，我的兴趣是分散的，哲学、文学、科学、历史、社会-政治，那时候再不会想到，今后二十几年，哲学将成为几乎唯一的学业。

我那时对上辈知识分子整体上没有什么好感。朱光潜的《西方美学史》、贺麟的黑格尔译著、冯友兰的《中国哲学史》，我读着这些书进入哲学，但他们后来写的文章，和大批判稿没什么两样，无论歌颂还是批判，或言不由衷，或愚蠢浅薄；像冯友兰那样依附"四人帮"，更让人不齿。至于长我们一辈的，更乏善可陈。

这种态度，虽不是全无来由，毕竟偏狭。当时的中年教师，五十年代进大学，一场反右运动，把已经奄奄一息的学脉彻底割断，此后考上研究生的，人数极少，其中自有精英中的精英，可六十年代，"四清"及其他种种运动，倒比读书的时间更多，更不说大学课程里，学问早被淹没在意识形态汪洋之中。十年"文革"之后重新来当教师，都已过青春好学之岁，各有家室之累，生活条件极其艰苦，面对旧学问新思想，理会起来不那么贴切了。当年的一位中年教师，多年后就这样向我说起他那一代的学历。再早一代的学者，年轻时中学西学多有扎实的功底，但鼎革之后，真学问无用武之地；在思想改造运动中，绝大多数学者在不同程度上被洗脑。我当时只恨知识分子放弃了自由思想这一立身之本，不知道同情地了解这一辈学人在这一运动中的复杂心路，不知道尊重他们在压迫和困惑中承传学术的努力。

每一代人都有自己的可怜可惜之处，今天来反省我们自己这一代，还不知该得出个什么结论来呢。当然，在特定的历史境况中理解某一代知识分子，并不意味着放弃对前人的批判，更不是要找些借口为自己这一代人的缺陷开脱。无论环境如何，总能做得更好些，也总有人实际上做得更好些。

我入熊伟先生门下，本非自己的选择，也不十分在意。但先生宽大的性情和通透的见识很快赢得了我的敬重。王炜和我曾写过一篇纪念熊伟先生的短文，发表在1995年第一期的《东方》杂志上，其中谈到几件小事，多多少少可以从中看到熊先生的为人为学。在我，则可以用上"恩情"这个词。我不大讨上一辈人的喜欢，但先后还是得到过几个长辈的提掖，其中，熊伟先生的恩情最深。熊先生与世无争，几十年从不曾依仗自己在学界的地位去找学校领导，后来却为我出国留学的批准破了例。除了他提供的种种实际帮助，我尤为感激的是他对我的鼓励。"文革"以后十几年里，有不少年轻人就学就教于熊伟，他们常从熊先生口中听到我，把我当作后学中努力用功的榜样来鼓励这些青年。我自己没有亲耳听到过先生的夸奖，从别人的转述听来，我是远远当不上的，但这些夸赞，还是一段佳话，体现的是先生引后生就正道的拳拳苦心。我认识先生的时候，先生已近耳顺之年，早超出了学问大小、论理精粗之辨，但他始终鼓励青年勤学。就我所能理解，先生那样的境界，不是年轻人一蹴可就的，既在求学路上，就只有经年的勤学苦思，才有望超越学问论理。学，正心诚意；忘学，正心诚意；学与忘学，皆自若也。先生离形去知虚怀若谷，与不学无术的油滑自是，其别霄壤。

我在熊伟的指引下开始攻读海德格尔的《存在与时间》。在后来写的《海德格尔哲学概论》自序里，我这样说的：

熊伟先生让我读《存在与时间》的时候，我正怕读艰深的大部头；其中固可能颇多奥妙，但往往也弄了很多玄虚，纵费力弄懂了，仍可能得不偿失。熊先生于是说："这书你会不会喜欢我说不定，但可以保证你读完后不会觉得浪费了时间。"凭先生这句话，我开始攻读起这位晦涩透顶的哲人。

我虽然读过不少哲学书了，还是觉得这本书不好读，先读熊伟译出的文节，中德对照，熟悉了海德格尔的论述方式，再从头通读全书，每一节都作详细的摘要，重要的段落，尤其是那些语句错综、难以直接从德文明了其意思的段落，就翻译出来。二十年后，在那份摘要的基础上撰写了《〈存在与时间〉述略》。

阅一寒暑，读完全书，写出了硕士论文提纲，给熊伟看，说是可以，让我拿给王永江看看。王老师读后，说看得出我对海德格尔哲学有些体会，但这样写论文是行不通的。他教我写论文的方法，先用通行的语汇把《存在与时间》加以重述，然后经过分析，指出海德格尔哲学是唯心主义加形而上学，但也含有某些辩证法的因素，结论部分则以马克思主义加以批判。王老师言之谆谆，但他建议的那种写法让我觉得为难。论文的事就先放在了一边。

我们的生活随着年龄变化。我们，或我们的女朋友，已是大龄青年，1979年前后，朋友们纷纷结婚成家，嘉曜和韩虹领先，我和申晖殿后。和申晖认识的时候，我们两个都是信誓旦旦的独身主义者，十多个年头以后，她的性情和想法已经大变。我迈进了我不愿迈进的生活。

从农村回到京城，世俗生活似乎刚刚开始。韩虹怀孕了。晚上，阜成门外，我和于洋一道，对嘉曜软劝诫硬批判，几条街上走了半夜，劝他别要孩子。在这样的制度下，我们，运气使然，保持了独立品格,但谁能保证我们的孩子有同样的运气?建立一个民主强大的中国,继往圣续绝学,重建中国文明,我们的毕生志业难道不要求我们放弃自己的小生活吗?年轻时候,我们对世俗生活极端轻蔑,上班糊口、结婚生子、熬个一官半职或教授研究员,是无法想象的生活。嘉曜被我们说得哑口无言,然而,生活不是辩论,更没有单一的结论。每个人追随着他命运的星辰,以他独特的方式领受神恩。

散伙了。只有于洋往来频繁。政治形势仍然是常说的话题,但现在愈发明显,我并没有很多现实政治方面的激情,更多是抱有一些看法而已。我们,芸芸北京青年人中的三两个,能做些什么?该做些什么?那时对政治的看法,大致专注于专制和民主的消长,后来的中国,发展出多重的政治-社会矛盾,民主/专制只是这个复杂整体中的一个维度,这在当时是想象不出的。

我们上了大学,于洋不乐,大有天下英雄皆入彀中之叹。以于洋的超常聪明,考个大学生研究生不在话下,但他对这种秀才寒窗生涯嗤之以鼻。我曾在永长给他念我写的长诗《回到自然》,他听后半晌不语,最后说:小毛,你有志向,也有能力做一番事业,枉费心力去写诗干什么?我刻苦学习外语,被他讥为"一碗凉水十个单词"。于洋天生豪杰,少年时就在北京率大刀队参加武斗,在锡林郭勒盟率马队围攻中央派来的工作组,如今年过而立,却在苦撑他最落魄最苦闷的几年。

我即使说不上苦闷,也够彷徨。从前人在农村,心怀大志,像学生一样刻苦学习,现在人在大学,却不知何去何从。说起来,僵冻的中国正在缓缓解冻,《今天》的青年诗人在玉渊潭举办诗歌朗诵会，得现代艺术风气之先的青年艺术家在美术馆旁边的空地上举办星星画展，我们的政治诉求相仿，我和其中个别参与者稍有往来，但没有投身于其间的热情，我更关注哲学思考，而在这里，我没有同道。从我开始理论学习以来，嘉曜一直是导师和益友，他恋爱之后，我开始感觉到他在学业上渐渐松疏，回到北京以后，我对他的状况越来越不满意，经常直言批评。嘉曜仍然在思考哲学问题，但已经不像从前那样全力以赴，不再是一个"全职"的思考者，也不再充当我的导师。我开始体会到独自探索的寂寞。智性精神生活注定了孤寂，那时不过刚刚开始体会而已。今后，除了短暂的间断，这种孤寂我还将一年一年体会下去。

　　问学的处境也发生了变化。我曾经打算遍学各个学科。也是，初学时眼界狭窄，读一部三卷本的世界史，就算是懂得世界历史了，读一本天文学教程，就算学过天文学了。由于无知，学点儿什么都觉得突飞猛进。到进大学的时候，在一些基础领域，如中外历史、中外文学史、中外思想史、科学史，我已经有了一点儿了解，在政治、人生、哲学等方面，已经有了比较稳定的见解。读一本新书，不再像是打开一个全新的世界，蹦出一个新想法，不再像是彻照整个心灵的令人狂喜的日出。一本书，是千千万万本书中的一本，不过增长一点点知识，一个想法，不过是融入思想海洋的涓滴。一叶小舟，在狭窄蜿蜒的河道里，感到自己疾行。河道渐宽，徐徐融入海洋。在这茫茫大海上，不再感觉到自己前行，甚至不再有前行的方向，四顾茫然，所谓独上高楼，望尽天涯路。我开始感到生之有涯知之无涯，开始感到一个人只能学到一点点东西，只能思考一点点问题，那种尽收世间学问、独立于天下至道之巅的期许，不知不觉中显露其虚妄,尽管还要很多年,这种感觉才逐渐变成默默的体会,还要很多年,这种体会才会在潜移默化之中克服青年时期的理性骄狂。随之而去的,Shade!还有青年时期对理性光明的无界激情。幸与不幸,思想的青春结束了。今后是为伊憔悴的工作。

七

在问学路上,我有的时候刻苦自律,勤奋用功,一不小心会说成儒家的忧患意识,有时候贪玩求乐,放心四骛,最好说成是庄生的放浪于形骸之外。北大上学期间,一半在用功,另一半是玩乐。老朋友还有一半没散,又有新认识的朋友,刘建、杨炳章、赵世坚。饮酒、出游,辅导尚未入学的朋友复习功课。迷上了桥牌,组了个队,到处参赛,结识了北京桥牌队的几个牌手,有一阵子自己也曾打算成为专业牌手,读牌谱、专项练习、自撰叫牌体系。

实际上,研究生三年,我一共听课不超过十堂,多数老师只在各门考试那天见到过我。头一年,我一直赖在德语专业听课,继续和我的本科朋友们厮混。后来,西语系不愿再让一个外系学生赖在那里了,我才离开德语课堂。

读完《存在与时间》,写了个论文提纲,自己满得意的,却被王永江否决了。他建议的写法,我又不愿接受,论文就拖下来了。这期间,硕士生每人发一点儿钱,算是访导师、找资料的经费。我借了这个机会,大江南北好转了一圈。但拖得过初一拖不过十五,临到最后的期限,用了两周时间,胡乱按流行的格式写了一篇八股交了上去。我读研究生,本来是混混的,没立志用我自己的思想和风格来矫正官家体制。我自己那篇提纲倒也没浪费,一年后交赵越胜发表在《国内哲学动态》上。

毕业分配,我留在外哲所。第一件事情,是到西安开一个外国哲学会议。火车上,我和朱正琳坐在一处。朱正琳从贵州考来,考分第一,可由于曾经判过刑住过牢,有些领导反对录取。另一些思想开明的领导,尤其是我们外哲所的党总支书记沈绍周和朱所投考的导师张世英,为他奔走呼吁,青年报曾为此做了长篇报道,还发了这位老兄一篇长文。文章写得极好,当时在青年人中广为传诵,结果,朱正琳在进校之时,已经是个闻人。我很少主动与人交往,且那时已经搬到黑山扈去住,不常到学校来,所以直到毕业,也没和此君单独过过话。赴西安的旅途上,一路也没说什么。不知怎么,车厢里有些关心政治的,天南地北的,围坐到我周边,上至中央下至中国人的素质,骂了个痛快淋漓,至夜不散。朱正琳坐在一边,没掺和。到西安,我们两个住一个房间,搭起话来,话头一开就没收住。同房间还有另一个旅客,我们两个就走到院子里继续。问到我在哲学上的关切,我说,现而今大家关注的问题,实践检验真理、人道主义、个性解放、中西文化比较,我都觉得游谈无根,我最关注的是本体论的深层问题。朱正琳立刻应和,说他关注的也正是本体论。我们两个的兴趣和见解,十分投合,从时局到本体论,聊了一夜,好像刚开了个头。在那个封闭的年代,我们在大东北,他们在大西南,我们的思想感情竟如此相似,有时直相似到细枝末节,殊可惊奇。

报到时见到苏国勋,他张罗会务,待人谦和殷勤,完全一个老大哥。又见到赵越胜,也是会务组的,手里正忙着分类文件,"朱正琳啊，听说过"，扭身他去，一副居高临下的样子。人说，赵家是当部长的，一向傲慢，能跟你打个招呼就是给脸了。再后来和他成了朋友，知道他有时的确不给人面子，但并非因为他爹是部长。

我和朱正琳在简报组服务。会议上念的那些论文，自然没有一篇提得起精神，只是为了编简报，不得不把这些论文读上一遍，顺手写个摘要，再时不时到会场转上一圈，此外，就是缩在宿舍里说话。认识朱正琳一年，他一直沉默寡言，话匣子一打开，无比健谈，从恋爱到入狱，从小说到哲学，感受和思考裹着传奇的经历奔腾而来。又一个传奇人物。和那个时代最富传奇的人物比，他的经历未见得惊人，但这些经历所引发的感受和思考，让我深为感佩。从我这方面说，几年来，在深刻的问题上几乎无从与人交流。这几天开始，很多年里，和朱正琳最能够深入到问题的核心处交流。

苏国勋、赵越胜就算认识了。他们带了另一个社科院哲学所的研究生徐友渔，要会会朱正琳。徐友渔也是个心高气傲的，只因对朱正琳格外钦佩，才会屈尊前来。赵越胜和我们第一次见他全不一样，热情周到。原来，在赵越胜的世界里，人只分成两种，一种是他认的，一种是他不认的：不认你，你就是天皇老子，他也一副傲慢无礼的模样；认你，他就心扉洞开，不存半点儿世面上的矜持。朱正琳一开始没表现出多少热情，对高干子弟、对大都市人、对知识精英，他有所保留。但在赵越胜、苏国勋煽呼之下，年轻人寻求共鸣的火种很快被点燃了。我们所经的时代，是那么黑暗；我们面对的中国，千疮百孔，让人愤怒，让人忧虑，让人急于改变；我们读过相同的书，有过相同的激动和感受；我们思考着相同的问题，唱着相同的歌，抱持着相近的理想；我们都是年轻人，中国，中华文明，将在我们这一代人手里重建。火花碰撞，大火燃起，我们共度了几个异常热烈的日日夜夜，不过几天，差不多成了无所不谈的知己。另一些年轻人也来掺和，其中有赵越胜的一个好友，社科院科研处的魏北凌，聆听我阔论自己的哲学和理想，微笑着提出一两个疑问，我只当是在启蒙一个外行，后来成了好友，对此君了解深了，才知道这个马上要在官场上腾飞的大个子的小干部是在冷眼旁观这群狂热的书生。

我第一次参加学术会议。一位上一辈学者发言，开场白说，存在主义他没读过多少，接下来滔滔不绝把存在主义大批了一通。朋友们撺掇，我做了即席发言：既然没读过多少，那就先回家去多读点儿，读懂之后再决定怎么批判不迟。做了这个开场白，接着大讲了一通海德格尔哲学。这一代人大致就是从那个时候开始"登上学术舞台"的。我们是人微言轻的后学，但自视不凡。在现代西方哲学这一领域，我们确有优势，这一领域多年来一直是禁区，年纪大的学者不一定比我们知道得多，而且在接受、领会方面多半不如我们。

在回北京的火车上，我们几个仍在热烈交流，眼看曲终人散，众人商量着今后的聚会。除了在场的几个将是基本的聚会者，我提出邀请胡平。北大哲学系和我们外哲所本来是极近的亲戚，但那里的研究生我不认识几个，唯对胡平钦佩有加，时有往来。徐友渔极表赞成，原来，早在四川的时候，他和胡平已是相知多年。

聚会的地点落在我家。朋友中，唯我有个独立的窝，二十几平米，算不上豪宅，但比宿舍宽敞多了。就是远点儿，在颐和园北三公里的黑山扈，远点儿也好，省得惹人耳目。

从那时起到我出国前的两年里，大约每个月我们就聚会一次。常来的还有嘉曜、洪汉鼎、何光沪。后来王庆节、甘阳也成为主要的参加者。我的另一些朋友，刘建、阿坚、于洋，不是学术中人，来黑山扈玩，碰上了也混在一起。朱正琳带来王蓉蓉、孙肖斌，庆节带来刘全华和王炜，胡平带来张隆熙，越胜带来郭建英，或者哪个"爱思想"的妙龄女郎。于洋的哥哥于基也来过两次，他话说，一帮年轻才子，黑山扈运河边上，东倒西歪，有的在那儿存在什么主义，有的在那儿什么救国什么自由，有谁往河里扔了个石子儿，都起来了，赛着谁水漂打得多，比谈存在什么主义起劲多了。话一正经于基就不好意思说出口，偶尔正经一回，说，那时候看到这帮年轻人，觉得眼前一亮。

有的聚会有个专题，越胜讲马尔库塞，友渔讲当代分析哲学，我讲存在主义。但更多的时候，没什么专题，大家关心什么就谈什么，而天下没有什么是这些年轻学人不关心的。满堂才俊，常常妙语迭出。友渔这样说到官方的宣传品：多不人道呀，老百姓本来就傻，还这么骗人家。胡平分析中西自由观的异同，越胜插话道：哪儿那么多啰唆，就一句话，西方人讲自由，中国人讲自在。可惜我记性不好，听过什么，几天就忘了。

盘道之余，也有几次商议着做点儿着形迹的事儿。当时有一套丛书，叫作"走向未来"，是年轻一代第一拨挑头主编的丛书，眼界新，影响大。越胜建议我们加入。有热心的，有不热心的，没弄成。越胜为《国内哲学动态》组稿，在他眼里，懂哲学的都在黑山扈了，我们几个发表一个系列的论文，中国就开始有哲学了。我把被毙掉的硕士论文提纲改了改，题名《海德格尔的〈存在与时间〉》，作为这个系列的第一篇发表。此后有朱正琳写的布拉德雷，徐友渔写的罗素什么的。新启蒙方兴未艾，我们也贡献了几块砖头瓦片。我们商量着组织翻译一套西方现代哲学名著，商量着每人写一部专著，都没下文。直到后来在甘阳的组织下，谈论不再总是谈论，成就了一番事业。

　　这些快乐而有益的聚会！在青春已悄然辞别的时候，仍像年轻人那样热情洋溢，契阔谈䜩，本来已是乐事；何况黑山扈座上客尽是些自以为是的家伙，在这里找到了情趣相投的伙伴，更是难得。这些人之间，有亲疏之别，但整体上，形成了一个亲密的朋友圈子，这几个那几个，很多年后，仍是最近的朋友。我们将很快没入成年，在那里，友谊的机缘要稀少得多，友谊的浓度也往往浅淡不少。

图书在版编目(CIP)数据

少年行/陈嘉映著.—北京:商务印书馆,2023
(陈嘉映著译作品集;第 7 卷)
ISBN 978-7-100-22210-5

Ⅰ.①少… Ⅱ.①陈… Ⅲ.①中国文学—当代文学—作品综合集 Ⅳ.①I217.2

中国国家版本馆 CIP 数据核字(2023)第 049057 号

权利保留,侵权必究。

陈嘉映著译作品集
第 7 卷
少年行
陈嘉映 著

商 务 印 书 馆 出 版
(北京王府井大街 36 号 邮政编码 100710)
商 务 印 书 馆 发 行
北京市十月印刷有限公司印刷
ISBN 978-7-100-22210-5

2023 年 6 月第 1 版　　　开本 710×1000　1/16
2023 年 6 月北京第 1 次印刷　印张 15¾
定价:90.00 元

陈嘉映著译作品集

第 1 卷　海德格尔哲学概论
第 2 卷　《存在与时间》述略
第 3 卷　简明语言哲学
第 4 卷　哲学·科学·常识
第 5 卷　说理
第 6 卷　何为良好生活：行之于途而应于心
第 7 卷　少年行
第 8 卷　思远道
第 9 卷　语言深处
第 10 卷　行止于象之间
第 11 卷　个殊者相应和
第 12 卷　穷于为薪
第 13 卷　存在与时间
第 14 卷　哲学研究
第 15 卷　维特根斯坦选读
第 16 卷　哲学中的语言学
第 17 卷　感觉与可感物
第 18 卷　伦理学与哲学的限度